ハヤカワ文庫JA
〈JA1338〉

機能警察　火宅

月村了衛

早川書房
8229

目次

登場人物

［警視庁］

沖津旬一郎……………特捜部長。警視長
城木貴彦………………特捜部理事官。警視
宮近浩二………………特捜部理事官。警視
姿俊之…………………特捜部付警部。突入班龍機兵搭乗要員
ユーリ・オズノフ……特捜部付警部。突入班龍機兵搭乗要員
ライザ・ラードナー…特捜部付警部。突入班龍機兵搭乗要員
由起谷志郎……………特捜部捜査班主任。警部補
夏川大悟………………特捜部捜査班主任。警部補
桂絢子…………………特捜部庶務担当主任。警部補
鈴石緑…………………特捜部技術班主任。警部補
柴田賢策………………特捜部技術班技官

悪《あく》の顕《あら》はれたる者は禍《わざは》ひ浅《あさ》くして
隠《かく》れたる者は禍ひ深し。

洪自誠『菜根譚』

機龍警察　火宅

火宅

かたく【火宅】〔仏教〕法華七喩《しちゆ》の一つ。煩悩と苦しみに満ちて安らぎを得ない状態。またその状態を燃え盛る邸宅に喩《たと》えて云う。

玄関の横にあるインターフォンのボタンを押すと、ややあってから〈はあい〉と女性の声で応答があった。

「昨日お電話した由起谷《ゆきたに》と申します。高木《たかぎ》さんのお見舞いに伺《うかが》いました」

〈あ、お待ち下さい〉

池袋の地下街で買ったデンファレの花束を左手に持ち替え、由起谷志郎《しろう》警部補は安物のハンカチを取り出して額と首筋の汗を拭った。一日で最も陽の高い時刻はとっくに過ぎたとは言え、まだまだ強い晩夏の陽射しは周囲の畑に白く照りつけている。白面《はくめん》とさえ称される由起谷の怜悧《れいり》に整った顔も、今日は熱く火照《ほて》るようだった。三十前の若さに加え、その肌の白さが由起谷に一見彫像のような印象を与えている。

埼玉県入間郡三芳町。公道に面した玄関以外の三方を畑に囲まれた新築の一軒家である。

敷地は近隣の住宅に比べてもかなり広い方だった。

掲げられた表札には［高木政勝《まさかつ》］とある。

由起谷の元上司である高木は、現在は独り暮らしと聞いていた。

玄関を開けてくれた中年の女性はホームヘルパーであった。

女性の案内で中に入る。この春に落成したばかりの家には、まだほんのりと木の香が残っていた。玄関をはじめ、部屋数の多い内部には生活の痕跡《こんせき》どころか家具さえもろくにない。ほとんど空家のようにも見えた。

無理もない、と廊下を歩きながら由起谷は思う。新築した家に入居して間もなく、主の高木は病に倒れた。膵臓《すいぞう》癌であった。緊急手術を受け、二か月あまりも入院した後、自宅に戻った。家の内装に気を遣う余裕などなくて当然である。木の香とともに、病人の独り住まいには静かな空虚が漂っていた。

ヘルパーの女性は由起谷を奥の部屋へと通した。

「高木さん、お客さんですよ」

庭に面して掃き出し窓が広く取られた八畳ほどの明るい和室。ベッドの上に高木はいた。

「よく来てくれたなあ、由起谷君」

そう言って微笑《ほほえ》んだ。

由起谷は思わず息をのむ。

白く変じて抜け落ちた髪。こけた頬。落ち窪《くぼ》んだ眼窩《がんか》。肉の殺《そ》げ落ちた手足。往時の面影はまるでない。ただ微笑だけが昔のままだった。

「ご無沙汰しております」

深々と頭を下げる。高木は由起谷が高輪署の刑事課捜査員を拝命したときの主任であった。

当時高木はすでに四十に近く、万年巡査部長と呼ばれていた。それは要領が悪く出世に縁のない不器用者への陰口でもあり、努力を怠らずこつこつと地道に捜査を続ける叩き上げへの称賛でもあった。着任後すぐに、由起谷は高木がこれまで数々の事件を手がけたベテランでありながら、出世の機会を逸し続けた不遇の人であることを知った。現在の警察機構は、総合的に要領のよい者が出世するようにできている。その傾向は民間の企業など比較にもならぬほどに顕著である。当時の高木はそれを端的に示す存在であった。新人の由起谷の目にも、温厚な彼の横顔に時折深い鬱屈《うっくつ》が覗くのが見て取れた。

「これ、頂きましたよ。活けときますね」

見舞いの花を指し示すヘルパーに、高木は思いのほか明るい顔を見せた。

「お加減はいかがですか」

「うん、今日はだいぶいいようだ」

高木の声は力なく枯れて隙間風のように細かった。

かつて由起谷は、捜査員のやる気を殺《そ》ぐことばかりの警察組織にあって、ひたすら現場で捜査に取り組む彼の姿勢に多くを学んだ。実際に高木は、右も左も分からぬ新米であった由起谷の手を取るようにして、捜査の基本を教えてくれた。

――よく聞き、よく見ろ。捜査はそれに尽きるんだ。どんなときでも耳と目をよく使え。頭は放っておいても耳と目についてくる。

高木の教えは今も由起谷の血肉となっている。彼は由起谷が範とする人物であった。

由起谷の着任後、半年も経たぬうちに高木は警部補に昇進し、赤羽署へ異動となった。そしてさらに警部へ昇進すると同時に、八王子署の刑事課長に着任した。由起谷は現場で高木の薫陶《くんとう》を受けた一人として、彼の出世を喜んだ。

それまでの地味な苦労が報《むく》われたかのように、高木はその後も出世を続けた。八王子署には一年ほどいて係長待遇で警察庁に派遣された。さらに歳月は流れ、警視への昇進を果たした高木は刑事部捜査一課の管理官を拝命した。

それなのに、着任の矢先の病であった。

「申しわけありません、本来ならもっと早くにお伺いすべきだったのですが」

由起谷はうなだれる。この篤実《とくじつ》な人物に、運命と現実はあまりに過酷な仕打ちをしてくれた。

「いいよいいよ、現場に暇がないのはよく知ってるよ。出世したんだろ。特捜の警部補だっけ」

「はい」

警視庁に新設された特捜部は、『龍機兵《ドラグーン》』と呼ばれる最新鋭の装備を持つ突入要員の他に、刑事部、公安部などの既存の部署に属さない専従捜査員を擁している。由起谷警部補は特捜部創設時に抜擢《ばってき》された捜査主任であった。

「どうした、俺より病人みたいだぞ」

高木は明るい口調で言う。

特捜部に抜擢された捜査員には、通常よりもワンランク高い階級が自動的に与えられる。長年の苦労の末に昇進した高木との相違に、由起谷は自らの胸裡に忸怩《じくじ》たるものを覚えずにはいられなかった。

そんな由起谷の思いを見透かしたように、

「君は少しも変わってないな。特捜は色々大変だろうけど、同じ警察官だ。胸張っていけよ」

〈同じ警察官〉。警察内部の反発にもかかわらず完全トップダウンで創設された特捜部の人間に対し、そう言ってくれた現役警察官は皆無に近い。

由起谷は改めて病床の元上司を見る。

この人もやはり変わらずにいてくれたのだ——そう思うと、さらにたまらないものが込み上げてきた。

「立ってないで座ってくれよ」

「あ、失礼します」

一礼して座布団に腰を下ろす。

サッシの戸はすべて開け放たれている。外はかんかん照りだが、室内にはひんやりとした冷気があった。空調によるものではない、日陰の感触。陽射しに白く映える庭の向こうには畑が見える。そう広い畑ではないが、その先にある木立の緑と相まって、地味ながら心地好い景観を作り出している。

「いいお住まいですね」

ヘルパーが出してくれた冷たい緑茶を手に取って室内を見回す。

床の間のあたりには見舞いの品が無造作に積まれているが、高木の地位と人望を思えばかなり少ないと言えた。その側《そば》にはこぢんまりとした書き物机。グリーンのデスクマットの上に、プラスチックのペン立て、B5サイズのメモパッド、薄いブルーの付箋《ふせん》、四角いクリップ入れがきっちりと計ったように並べられている。まるで昔の高木のデスクを見る思いであった。

几帳面《きちょうめん》な高木は、署内でも自分のデスクだけは誰にも触らせず、愛用の文房具を常に定位置に置いていた。右上の隅に正方形に畳んだハンカチが置いてあるのも昔のままである。

ベージュのセリーヌのハンカチ。室内はきれいに掃かれているにもかかわらずデスクの上だけ埃《ほこり》を被《かぶ》っているのは、高木がそこだけはヘルパーにも触らせぬためだろう。

由起谷はかつて自分も在籍した高輪署の光景を思い出した。そしてまた暗鬱な思いに囚われた。かつて高木のデスクの右上に置かれたハンカチは常に新しいものであったが、今は皺《しわ》が入って汚れている。小さな点のような染みさえ見えた。往時の高木は捜査に詰めの甘さを残さぬ主義であり、その信条はデスクの上にも表われていた。病は高木から詰めを徹底する気力まで奪ってしまったのかもしれない。

その思いを今度はさすがに顔には出さず、努めて無難な話題を選んで口にした。

高木は声に力こそないものの、会話に支障はないようだった。予想していたよりは体調がいいように見受けられる。

独り暮らしのため家事は三人のホームヘルパーに交替で頼んでいること、朝と夜に介護福祉士が来てくれること、現在は病気療養中なので近いうちに警務部付に異動する形になるかもしれないことなどを、高木はぽつぽつと語った。

十分ばかり話した頃、表の道路から車の入ってくる音がした。車は玄関脇の駐車スペースに入ったようであった。

出迎えに立ったヘルパーが、二人の客を連れて戻ってきた。

二人とも由起谷と同じくYシャツにタイ。警察官と一目で分かる。

立ち上がって自己紹介する。

「本庁の由起谷です。高輪署で高木さんにお世話になりました」

そう名乗った途端、一人ははっとしたように顔を強張らせた。大方噂にでも聞いていたのだろう。由起谷という名前と捜査員らしからぬ色の白さで、特捜部の人間だと察したらしかった。

連れの大男はそれに気づかず、愛想よく挨拶を返す。

「あ、こりゃどうもはじめまして、綾瀬署の山倉《やまくら》です。こっちは浅井《あさい》と言って、今は町田署におります」

どうも、と浅井が不承不承に挨拶を返す。

「私らも高木先輩には蒲田署時代にずいぶんとお世話になったもんですよ」

地声らしい大声で山倉が笑った。

蒲田署は高木が高輪署の前に勤務していた所である。山倉も浅井も由起谷よりは五つ六つ年上らしい。

「先輩、今日は浅井と来ましたよ」

「うん、いつもすまんな」

高木は嬉しそうに笑った。

高木と二人のやり取りからすると、由起谷と同じく高木の人徳を慕う警察官達が連絡を取り合って、随時訪れていることが分かった。

一通り見舞いの言葉を述べた二人は、由起谷と同じく座布団に腰を下ろした。

「いつ来ても広いお宅で、まったくうらやましい限りですね。ウチなんか2DKで子供が二人だから、狭苦しいなんてもんじゃないですよ。なあ浅井、おまえのとこも似たようなもんだろ」

「まあな」饒舌《じょうぜつ》な山倉に、浅井は気乗りがしないといった体《てい》で相槌を打つ。「俺のとこも二人だし」

「由起谷さんは、ご家族は」

山倉が快活に振ってきた。

「自分はまだ独りです」

「やっぱり、そうだと思った。それだけ男前だとモテすぎて結婚なんかする気にならんでしょう」

「いえ、そんな」

「いやいや、ご謙遜なさらず。結婚なんてするもんじゃないですよ。よけいな苦労を背負い込むだけですから」

「おい山倉」

浅井が眉をひそめて注意する。彼の視線は一瞬病床の高木に向けられた。

高木は蒲田署の頃に離婚している。捜査に打ち込むあまり、高木は家族を顧《かえり》みなかった。しかも持ち前の愚直さと偶然による巡り合わせの悪さとで、もう出世の見込みはないとその頃すでに言われていたらしい。高木の妻は、そんな夫に愛想を尽かし、当時六歳の長男を連れて出ていったと由起谷は聞いている。別れた妻子とは音信不通で、病院へ見舞いにさえ来なかったとも。

「いいんだよ、浅井君」

高木は穏やかに笑う。

「あんな女のことはとっくに忘れたよ。あいつと暮らしてた頃の物は離婚したときに全部捨てた。だから俺は身が軽いんだ」

「ほら見ろ。俺と高木さんはなんでも言い合える仲なんだ。ねえ、高木さん」

わざとらしく自慢してみせる山倉に、高木はうんうんと頷いている。

「せっかくの広い家なのに置く物が何もないなんてねえ。一部屋くらい、ウチの馬鹿息子の勉強部屋に貰えませんかね」

「いいよ、好きに持ってけよ」

山倉のいつもの冗談なのだろう。高木も調子を合わせている。

さすがにそれは由起谷にも少々不適切であるように思えたが、変に気を使うより病人の気を紛らわせることを第一に考えれば、開けっぴろげな山倉の態度も、ある意味正しいのかもしれなかった。

浅井も庭の先の緑に目を遣《や》って、

「ここ、ほんと環境いいですよね。でも、都心にマンションを買うって手もあったでしょうに」

「それが分からないからおまえはダメだっていうんだよ。男はな、所帯持ちであろうがなかろうが、こういう所に広い城を構えたくなるもんだ。狭苦しいマンションなんてもうダメダメ。由起谷さんもそう思うでしょ？」

「そうですねえ……」

由起谷は持ち前の慎重さで無難に応じる。

「マンションにしろ一戸建てにしろ、今の自分には到底手が届きませんから、あんまり考えたこともないですね」

「いやあ、それは私らもおんなじですよ」

山倉が破顔した。

「警察官の給料も年俸制にしろって話、あるじゃないですか。私なんかもう大賛成ですよ。私らにしちゃあ、やる気が全然違ってくる。年俸制なら昔の高木さんみたいに優秀な刑事がもっともっと育つはずなんだ」

「それは同感ですね」

相槌を打った由起谷を、浅井が嫌な目で見る。優遇された特捜の人間が何をぬけぬけと──彼の目は明らかにそう非難していた。

山倉はやはり浅井の態度に気づかぬまま、

「でしょう？　もっとも、私なんぞは高木さんには到底及びませんけどね。昔の高木さんはそりゃ大したもんだったから」

話題は自《おの》ずと高木が現場にいた頃の事件に及んだ。

由起谷は内心で危ぶんだ。高木の功績を挙げているようで、それは彼がつかみ損ねた星を数えることに他ならない。いずれの事件でも高木は解決まであと一歩というところに迫りながら、他者に出し抜かれたり、上層部の思惑などさまざまな要因から無視されたりと、光を浴びることはついになかった。

しかし高木は目を細めて聞いている。

山倉のように語ってくれる後輩がいるというだけでも、過去の屈辱は懐かしい記憶となるものなのかもしれない。由起谷は少し安堵した。

「それになんと言っても蒲田の一家四人殺し。由起谷さんもご存じでしょう」

「ええ、高木さんも捜査に加わったという話は聞いております」

蒲田一家四人殺し。有名な未解決事件である。一戸建て住宅で夫婦と幼い子供二人が殺された強盗殺人で、現場は酸鼻を極めるものであったという。容疑者につながる遺留品はついに発見されなかった。捜査本部はすでに解散している。由起谷が任官したのは事案発生の翌年であった。

「ありゃあね、流しじゃなくて怨恨の線ですよ、絶対」

断定するように一人頷きながら山倉は続ける。

「夫婦とも派手好きでね、特に女房の方は近所でも有名なブランド好きで。二人の息子にもガキ向けのブランド服しか着せなかったって。そんな見栄っ張りなら、誰かに恨まれてもおかしくないでしょ」

よく言われた風評であった。事件の詳細は当時からマスコミで頻繁に報道されていた。

「あの事件が迷宮入りになったのはね、ひとえに指揮官が無能だったからですよ」

それも耳にしている。現場捜査員の間では公然の秘密であった。

蒲田の四人殺しでは本庁捜査一課から派遣された管理官が指揮を執った。初動捜査の不徹底、思い込みに基づく見込み捜査など、彼の杜撰《ずさん》な指揮が迷宮入りを招いたと密かに指摘する関係者は今でもいる。

「経験も実力もないクセに目立ちたがりで、みんな陰で松尾《まつお》のバカ殿って言ってたんだから」

松尾というのがその管理官の姓である。警察上層部の有力な閥に属していたことから陰で〈殿〉と揶揄《やゆ》されていた。彼の現場に対する横柄且《か》つ尊大な態度は、ある種の警察官僚の典型であった。

「あんな人の下にいたんじゃ、高木さんだって力を発揮できませんよ、ねえ高木さん」

どうやら山倉は、松尾の無能をダシに高木の人徳を称揚しようというつもりらしい。

「そんなことないよ」

苦笑する高木に、

「いやいや、高木さん、人が好《よ》すぎるんですよ。私らによくしてくれたのはありがたいけど、何も松尾さんの面倒まで見てやる必要ないじゃないですか。高木さんは利用されてたんですよ」

山倉の話によると、高木は松尾の自宅に出入りして個人的な雑用までこなしていたという。

「本当ですか」

それは初耳であった。

「ええ、あの頃高木さんはね、なんとかキャリアにも現場の人間の気持ちを分かってもらおうと頑張ってたんですよ。だからそんなことまで率先してやっててね。まあ、中には出世目当てで上に取り入ろうとしてるなんて言う奴もいましたけど。この浅井だって言ってたんだから。なあ?」

「やめてくれよ」浅井は憮然として否定する。「言ってないって、そんなこと」

浅井をからかって、山倉は高木と由起谷に向き直る。

「高木さんはそんな人じゃない。知ってる人はみんな知ってますよ。高木さんの努力も分からずに殿ときたら、もう悔しいったらありません。あんなのが上に居座ってるばかりか、どんどん出世していくんだから堪りませんよ。高木さんが出世してくれたのが私らの唯一の希望だ。頑張って捜査を続ければいつか高木さんみたいに報われる日が来ると思えばこそ、私らだってやってられるんだ。ほんとですよ高木さん」

言い募る山倉の言葉に嘘はない。思いは由起谷も同じであった。浅井も大きく頷いている。

「見込み捜査で大ハズシってのは誰でもやりかねないが、あのバカ殿、テレビに出て情報をベラベラ喋るって、もうあり得ないでしょ」

マスコミへの対応窓口が定まっていなかったせいもあり、会見の席上でカメラに囲まれた松尾は得意顔で捜査上の秘密を何点か話してしまった。ニュースで報道されては、容疑者に辿り着いてもその供述は〈真犯人しか知り得ない秘密の暴露〉にはならない。当時現場で奔走していた捜査員の相当数がこれで意欲を失ったと伝えられる。

「それだけじゃありませんよ」

山倉は声をひそめて由起谷に囁《ささや》いた。

「ここだけの話、松尾さんは大事な物証をなくしちまったそうですよ」

「まさか」

愕然として山倉を見る。

「まあ噂ですけどね」

「物証とは、一体どんな」

「さあ、そこまでは……なにしろ噂ですから」

「噂どころか、それはさすがに根も葉もないデマだよ」

浅井が山倉をたしなめるように言う。

「もしそんな証拠があったんなら記録に残ってるよ。仮に発見されて間もない証拠を松尾さんが個人的に預かったとして、それを見つけてきた捜査員がいるはずだろう。そいつが黙ってるわけないじゃないか」

「そりゃそうだ」

おどけるように山倉が応じた。

由起谷も、なんだ、と苦笑する。

「お薬の時間ですよ」

そこへヘルパーが顔を出した。水差しと薬の載った盆を持っている。

高木が薬を飲む間、会話は途切れた。

「由起谷さんは、本庁のどちらで？」

間を持たせようとしたのか、山倉が何気なく訊いてきた。

覚悟して答える。

「特捜です」

「特捜？　本庁じゃなくて地検だったんですか？」

「いいえ、警視庁です」

「じゃあ、なんかの捜査本部のことで？」

「特捜部です」

山倉は「あっ」と小さく声を漏らした。浅井は苦い顔で黙っている。

「どうぞごゆっくり」

ヘルパーは愛想よく告げて再び下がった。

山倉の饒舌は一転して寡黙《かもく》となっていた。

その後五分ばかりを世間話に費やして、山倉と浅井は腰を上げた。

「じゃ、私ら、今日はこの辺で」

「自分もそろそろおいとま致します」

由起谷も立ち上がって高木に挨拶した。

疲れたのか、高木は弱々しく頷くだけだった。

由起谷が玄関を出ると、型の古いマーチの側に山倉と浅井が立っていた。じっとこちらの様子を窺《うかが》っている。

目礼すると、山倉が言った。

「駅まで乗っていきますか」

一瞬考えてから、同乗させてもらうことにした。

山倉の車であるらしく、ハンドルは彼が握った。浅井は助手席に座る。

走り出してしばらくは三人とも無言であった。車内には重く不穏な空気が漂っていた。

「特捜って、ＳＡＴと被ってんじゃないですかね」

運転する山倉が口を開いた。

「あの新型の機甲兵装——龍機兵でしたっけ——そりゃこんなご時世ですから、警察にも軍隊みたいな武器だっているでしょう。でも突入部隊ならＳＡＴがあるじゃないですか。刑事部のＳＩＴだってある」

同じ警察官から何度も浴びせられた批判。由起谷は落ち着いて答える。

「さあ、自分は判断できる立場にはありませんし、自分はあくまで現場の捜査員であって、外部から招聘《しょうへい》された突入要員では——」

「おんなじだよ」

浅井であった。嫌悪に満ちた断定の口調。後部座席の由起谷を振り返りもしない。

「何が捜査員だ。わざわざ高い金を出してまで兵隊や外人を雇ってよ。あんたも高木さんに世話になったんだろ。恥ずかしくないのか。警察官ならそんなわけの分からないシロウトと一緒にやれるはずがないだろう」

由起谷は反論しない。しても無駄であると経験で知っている。

だが顔に出た。温厚と言われる白面に隠した昔の顔。

バックミラーの中で、こちらを見ていた浅井と視線があった。浅井がぎょっとしたように目を見開く。

ほんの一瞬だった。

浅井は確かにこちらを見た。

すでに由起谷はいつもの顔に戻っている。その顔には自身の未熟を恥じる色が浮かんでいることを自覚する。荒れていた十代の頃の気性を覗かせてしまった未熟だ。

「なんだ、あんた」

怯《ひる》みつつも浅井が声を荒らげる。警察官の目には、いかにも不審に見えたはずだ。

「今の目つきは……」

「いえ、なんでもありません」

由起谷はそう答えるしかない。警察の中にあって、警察組織のしがらみを脱しようとする特捜部創設の意図など、この状況下でいくら説明したところで理解が得られるはずもない。警察の改革に己自身の変革を仮託する由起谷の覚悟も。

　また同時に、浅井の指摘した通りであるとも思う。特捜部の要《かなめ》たる龍機兵の搭乗要員が警察外部から選出されたことに対する不満を、由起谷も密かに自覚していた。警察の改革に賛同しながら、自らも警察官である限りその矛盾《むじゅん》から逃れられない。そんな複雑な内心を浅井のような相手に説明できる自信は、今の由起谷にはなかった。

「ねえ、由起谷さん」

　山倉がバックミラーで由起谷の顔をちらちらと窺いながら、

「今日は元気そうに見えたかもしれないけど、高木さん、もう長くないいんだ」

「存じています」

　膵臓癌は予後が極めて悪く、生存率は低い。由起谷もあらかじめ高木の病状は聞いていた。

「高木さんのことは私らがきっちり見ますから、由起谷さん、悪いけど、もう来ないでくれませんか」

「………」

「特捜の人がいるとね、ほら、あれでしょ、また誰かとバッティングするかもしれないし。私はいいけど、やっぱりね、みんな気持ちよく高木さんを送ってあげたいと思ってるわけだしさ」

「分かりました」

納得しているわけではないが、現実はそのまま受け入れるしかない。

鶴瀬駅前に着いた。

「ありがとうございました」

礼を述べて車を降りる。山倉も浅井も応《こた》えなかった。

去っていくマーチを見送って、由起谷は駅舎の階段を上り、改札に向かった。

発着の直後だったのか、ちょうど改札機から人がまとまって出てくるところであった。

ブリーフケースを持った会社員。リュックを背負った学生。買い物バッグを下げた初老の主婦。洒落たバッグを手にしたＯＬ。ある者は疲れ切った表情で、またある者は溌剌《はつらつ》とした足取りで改札を通過し、思い思いの方向へと散っていく。

由起谷は足を止め、改札ではなくタクシー乗り場へと向かった。


高木邸の前でタクシーを降り、インターフォンのボタンを押す。返答はなかった。屋内からは無為に響く呼び出しのチャイム音が漏れ聞こえる。ヘルパーは不在らしい。買い物にでも出たか、あるいはすでに帰ったか。

由起谷は駐車スペースの方から裏手に回った。

木立の方から蝉《せみ》の声が聞こえる。辞去したときには確かまだ鳴いていなかった。陽は急速に翳《かげ》りつつある。さして時間も経っていないのに、風景は深い陰翳《いんえい》を伴って平凡な印象を一変させていた。

庭に入ると、先ほどと同じくベッドの上に横たわる高木が見えた。眠ってはいない。目を開けて庭の向こうの畑と空を見つめている。夕刻の光の中で高木の両眼は空よりも虚ろに見えた。視界にこちらの姿は入っているはずなのに、何も反応しなかった。

「ごめん下さい、由起谷です」

声をかけて建物の方へと歩み寄る。

「申しわけありません、どなたもお出にならないので勝手に入らせて頂きました」

高木は頷いて了解の意を示す。

「お疲れだろうとは思いましたが、どうしてもお伺いしたいことがありまして」

相手はやはり無言であった。

「よく聞き、よく見ろ——自分は今日まで高木さんに教えられた通りにやってきました。こんな自分でもなんとか一人前になれたのは、すべて高木さんのおかげだと思っています」

ややあって、高木が口を開いた。一段と力を失った低い声。だが先刻まではまるで感じられなかった異様な精気がその声にはあった。

「何か見えたか」

「はい、一つだけ」

高木の口許が微かに動いた。どうやら笑ったらしかった。

「頭は目と耳についてくる、そうもおっしゃいましたね。その通りでした。もっとも自分の場合、頭の速度はだいぶ遅いようで、今日も駅でようやく追いついてくれました。帰りに駅の改札で、ブランド品のバッグを持った女性を見たときです」

食い入るような高木の視線。落ちくぼんだ眼窩の陰になって目の表情は読み取れない。

「自分の上司に宮近《みやちか》という理事官がいまして、よくブランド物のハンカチを使っています。ブランド好きの奥さんが毎日持たせてくれるそうです。その宮近理事官から聞いたのですが……」

話しながら高木の表情を窺う。やはり虚ろなままである。

「セリーヌのハンカチを持つのはほとんどが女性だそうですね。八割方そうだと言っていくらいだとか。自分は全然知りませんでした。特捜入りして、宮近理事官と話す機会があったからこそ得られた知識です。ええ、そうです、駅で見たバッグのブランドはセリーヌでした。それで思い出したんです」

由起谷はさらに歩み寄り、庭から室内の書き物机を指差す。

「その机、まるで現場の頃の高木さんのデスクそのものですよね。山倉さんも浅井さんもそう思ったでしょう。ペン立て、クリップ入れ、付箋、メモ用紙、みんな当時の配置のままです。きれいに畳んだハンカチも。だからてっきり高木さんのハンカチだと思った」

高木の喉《のど》からひゅうひゅうと息が漏れている。周囲の暑さにかかわらず、真冬の木枯しのようにうそ寒い乾き切った音。

「汚れているのは、病気で手が回らないせいだろうと。でもセリーヌのハンカチなら、高木さんの物ではない可能性が高い。別れた奥さんの物かとも考えましたが、そこでやっと頭が耳に追いつきました。高木さんご自身がさっきおっしゃってましたよね、奥さんの持ち物は全部捨てたと。では一体誰の物なのでしょうか」

今や高木はベッドから乗り出すように半身を起こしていた。

「俺が面倒見た新人の中でも、君は飛び抜けて優秀だった」

「恐れ入ります。ご指導の賜物《たまもの》です」

「それで、頭が追いついたのはそこまでか」

「いえ、もう少し先まで」

「聞かせてくれ」

魂が餓《かつ》えたような高木の声に、由起谷は直感する。捜査の過程で真実をつかんだときに感じるいつもの手応え。

「とんでもない失礼を申し上げるかもしれません。すべて自分の推測、いや妄想にすぎませんから」

「構わんよ。捜査に見込み違いはつきものだ」

「分かりました」

由起谷は深々と一礼し、

「では、そこにあるハンカチを見せて頂いてよろしいでしょうか」

高木が頷くのを確認してから、由起谷は畳の上に右膝と左手を突いて右手を伸ばす。靴を脱いで座敷に上がる必要はなかった。

机の上のハンカチを摘んで立ち上がる。

「やはりアイロンさえかけてない。それと、ここの小さな点のような汚れ。これが気になりました。昔の高木さんなら考えられないことです」

そして四角く畳まれたハンカチを、大きく広げてみせた。

一面にドス黒い染み。黄昏の光の下でも、それが古い血痕であることは明らかだった。

丸い小さな点は、凄惨な飛沫《しぶき》の一端であったのだ。

「蒲田の一家四人殺し。松尾管理官が紛失したという〈証拠〉はこれじゃないですか」

高木の眼窩の奥に昏い灯《とも》が点るのを由起谷は確かに見て取った。

蟬の声がやけにうるさい。狂おしいまでに耳につく。

「噂は事実だった。高木さんがこれを発見したのです」

高木は自分が発見した証拠を松尾管理官に一旦渡しておいて、それからこっそりと盗んだ。松尾が紛失したように見せるために。

捜査員の発見した証拠を、一時的にせよ管理官が預かるという事態があり得るのか。通常ではまずあり得ない。あり得たとするならば、それはどんな状況であったか——

当時高木は個人的に松尾の元に出入りしていた。本当にキャリアと現場との接点を作ろうと意図していたのかもしれないし、署内で叩かれた陰口の通り、なんとか出世の糸口にしようという下心があったのかもしれない。美談にすぎる前者よりは、後者の方が現実的だ。ともあれ、混迷を極めたあの事件の捜査中に、高木は虚栄心の肥大した上司を利用することを思いついた。

被害者の夫人はブランド好きで知られていた。血痕の付着したセリーヌのハンカチを、尊大で軽率な松尾に預けることとさえできればよかったのだ。

あなたの手柄にして下さい——例えばそんな馬鹿げた囁きであっても、魔法のように効いただろう。被害者がブランドを好んだ如く、松尾はマスコミ好きだった。

受け取った証拠品が紛失しているのに気づいた松尾は、事態の深刻さに動揺する。案の定、警察上層部は隠蔽《いんぺい》に動いた。

「高木さんが八王子署の刑事課長を務めた後、察庁《さっちょう》（警察庁）に派遣されたときの課長補佐は、確か松尾さんでしたね。蒲田の事案発生当時の松尾管理官——現在の松尾理事官です」

警察庁刑事局捜査第一課の松尾理事官。彼の属する閥が警察庁と警視庁の双方に根回しして常に高木を引き上げ、ついには破格とも言える警視への昇進を実現させた——そうは考えられないか。〈腹心を自分の手許《てもと》に置いておきたい〉という口実ならば、それでなくても複雑な人事の闇の中で、異例を重ねる強引さもさほど目立ちはしないだろう。

証拠の発見を知る者は、発見者である高木ただ一人。彼が口をつぐんでいさえすれば隠蔽は可能であった。そうすることによって高木は警察の有力閥に恩を売り、栄転の道をつかんだ。それまで地道に捜査に取り組みながら出世できなかった警察官が。妻子にさえ見捨てられた男が。

なぜ高木は独り身でありながらこんなにも広い家を郊外に建てたのか。それは失われた家庭を取り戻そうとする試みか、それとも精一杯の当てつけか。空虚だけが支配するこの家で、彼は失った家族の幻影を見ようとしたのか。

そして、なぜ——高木は〈証拠〉をそんな所に置いていたのか。年月の過ぎた今も処分すらせずに。現場であった頃のデスクを模した机の上に。あえて見せつけるかのように。

己の言が推論であろうと妄想であろうと同じである。由起谷は自覚している。もとより証拠は何もない。

そう、〈証拠〉。

セリーヌのハンカチが、本当に証拠であったかどうか。

高木にとって、それが本物である必要はどこにもなかった。血痕の付着した何か。松尾の元から後で抜き取りやすいもの。ブランド品であればさらにいい。

不条理な警察組織の中でひたすら現場を這いずり回ってきた男。彼は長年自らを抑圧し続けた組織の姑息で因循《いんじゅん》な性質を利用した。奏功《そうこう》した後も、目立たぬよう二年近くも所轄の主任を務め上げた。

隠蔽に走った警察上層部にも、仕掛けた高木にも、警察官の矜持《きょうじ》はない。それは確かに由起谷の知る警察の現実だ。

周囲はますます光を失いつつあった。逢魔《おうま》が時《とき》の翳がすべてを色濃く縁取っていく。干涸《ひから》びた血の付いたハンカチを手に、由起谷は総毛立つ思いで立ち尽くす。

残照の中で高木は何も語らない。余命幾許《いくばく》もない彼は、ただにこにこと笑っている。屈託も恩讐《おんしゅう》も、病の苦痛さえもまるでない、寒気《さむけ》のするような笑顔であった。

薄れゆく光は夕闇へと転じ、蟬の声が不意に途絶えた。

焼相

しょうそう【焼相】〔仏教〕人は死ねばその本然の相に帰す『空』と『無常』とを、死体を克明に観察することによって知る修行「九相《きゅうそう》観《かん》」に於いて、骨が焼かれ灰になった状態を指す。

0

その日、大田区大森本町の路地では、水道工事のため道路の一部が封鎖され、配置された警備員が走行してきた車を迂回路に誘導していた。

幹線道路からは少し外れた場所であるから、交通量はそれほど多くない。誘導灯を手にした初老の警備員も、慣れた様子でやってくる車をさばいていた。

午前十時を少し回った頃、ありふれた型の中型トラックがやってきて、立ち並ぶオレンジ色のロードコーンの前で停止した。

「すみません、ご協力お願いします」

運転手は警備員の指示に従い、一旦バックしてから、方向転換して左の迂回路に入ろうとした。

そのとき、右側角地にある建築資材置場の方から四メートル近い巨大な人間型の機械――

—機甲兵装が二体、突然躍り出てきてトラックに襲いかかった。

機甲兵装とは、テロや民族紛争の際限ない増加に伴い、市街戦や局地戦における近接戦闘に特化して発達した歩行型軍用有人兵器の総称である。

一機は鋼鉄のマニピュレーターを振り回して運転席を乱打、もう一機は後部に回ってロックを破壊し、リアドアをこじ開けた。運転手と助手は最初の一撃でともにシートに座したまま即死している。

口をあんぐりと開けて立ち尽くしていた警備員は、我に返って後をも見ずに逃げ出した。近くにいた同僚警備員や通り合わせた通行人もそれにならう。

荷台の中身を引っ張り出して、積荷のアパレル商品を片っ端から路上にぶちまけた機甲兵装は、なぜか逆上したようにトラックを滅茶苦茶に破壊していたが、接近してくるパトカーのサイレンに気づいて逃走した。

ガードレールを踏み潰し、接触した民家の軒やマンションのベランダを破壊したりしながら慌てふためくように逃走した二機は、現場のすぐ近くにあった都立児童教育センターに逃げ込んだ。

異状に気づき、すぐさま逃げ出した施設職員も何人かいたが、折から見学中であった小学生児童と教職員あわせて数十名が取り残され、人質として施設内に監禁された。

施設内からは近隣を揺るがすような銃声と子供達の悲鳴が聞こえてきた。しかしそれらは次第に断続的なものとなり、やがて内部からの物音は完全に途絶えた。

午前十時十九分。出動した警視庁刑事部捜査一課特殊犯捜査係、通称SITが現場周辺の包囲を完了した。

誘拐、立て籠もり、ハイジャック等の捜査については、SITが通常一義的に対応する。しかし今回の事案では被疑者による機甲兵装の使用が確認されている。SITには機甲兵装は配備されていない。

SITを擁する刑事部と、警視庁特殊急襲部隊SATを擁する警備部との間で調整が行なわれた結果、急遽合同オペレーションの形式が取られることとなった。現場指揮は刑事部参事官の高嶋賢三《たかしまけんぞう》警視正である。

いわゆる「行政警察」として犯罪の予防鎮圧行為、すなわち突入を最優先に考えるSATと違い、SITは犯人とのコミュニケーション、ネゴシエイション等を通して逮捕を目指す。この時点で、SITとSATとの方針の対立は避けられないものだった。

午前十時三十一分、本庁指令センター経由でSITネゴシエイト担当官の携帯端末に被疑者からの着信があった。説得を試みようとする担当官に、被疑者はアジア系特有の訛りのある日本語でわめき散らした。

〈警察はそれ以上近づくな。少しでも近づいたらガキどもを皆殺しにしてやる。分かったかクソ野郎〉

機甲兵装に襲撃されたトラックは、フィリピン人犯罪組織の傘下にあるフロント企業の所有物であった。組織犯罪対策部でもかねてマークしていた組織で、問題のトラックは主に密輸品の運搬に使われていた。殺害された運転手と助手も同組織の構成員である。その日は横浜から荷揚げした麻薬を移送する予定であったのが、直前で日程にずれが生じたらしい。トラックを襲撃した二人組は、麻薬運搬の情報を知っていて、なお且つ予定の変更を知り得なかった人物ということになる。

捜査一課に協力して聴取に当たった組織犯罪対策部第五課の森本耕大《もりもとこうた》巡査部長が締め上げるまでもなく、フィリピン人組織の幹部は悔しげに叫んだ。

「やったのは洪《ホン》と李《リー》だ。あいつらに間違いねえ」

その名を耳にした森本は、持ち前の三白眼を見開くようにして聞き返していた。

「洪立誠《リーチェン》と李永慶《ヨンチン》か」

森本の所属する組織犯罪対策部がかつてその壊滅に執念を燃やした台湾人武器密売組織『流弾沙《リウタンシャ》』。主要幹部の逮捕によって事実上消滅した同組織の残党が、他ならぬ洪と李であった。

フィリピン人からの情報により、洪と李のアジトであるという塗装工場に急行した森本は、そこが摘発から漏れた武器保管庫の一つであったことを知った。さらに森本は、大量のTNT爆薬が最近まで同所に保管されていた痕跡を発見した。

その情報はただちに刑事部と警備部の総合対策本部にもたらされた。

〈被疑者は大量の爆薬を所持している可能性あり〉

密かに独自の突入案を練っていたSATはその情報に戦慄した。

かつて機甲兵装による地下鉄立て籠もり事案で突入を強行したSATは、テロリストの罠に嵌まり、配備されたばかりの最新鋭機甲兵装六機を一度に失うという失態を演じている。それはSATにとって根深いトラウマとなっていた。


午前十一時三十八分、犯人からネゴシエイト担当官宛に要求の電話が入った。

〈六時間以内に警察が保管している覚醒剤を全部かき集めて持ってこい。過去に押収したブツを根こそぎだ〉

話しているのは洪だった。

〈それと現金で二十億……それから逃亡用の車と……そうだ、羽田にチャーター機も用意しろ〉

いかにも思いつきでしかない、場当たり的な要求であった。呂律《ろれつ》の怪しい話しぶりも、彼が明らかに正常な状態にないことを示していた。

「六時間では無理だ。いくらなんでももう少し時間が必要だ」

〈シャブなら警察にいくらでもあんだろ。すぐに持ってこられるはずだ〉

「分かった。だがこちらも人質の様子が知りたい。子供達は無事か」

〈心配するな。ガキはなんともない。銃でちょっとばかりしつけしてやったらおとなしくなった。だがババアの先生がよけいうるさくなってたまらねえ。自分には持病があるとか、薬を飲まないと死ぬとかよ。先生のクセに生徒よりてめえの方が大事らしい〉

「病人がいるなら解放してくれ。そちらが誠意を見せてくれたら、こちらも関係各所の説得がしやすくなる」

少しの間があって、洪《ホン》は意外と素直に応じた。

〈……分かった。ババアを一人解放する〉

「一人だけか。できれば子供達も――」

通話は一方的に切られた。

五分後、犯人の約束した通り、児童教育センターの正面口から中年女性が一人、全速力で走り出てきた。最初の解放者だった。校外活動用の私物であろうか、背中に小さなリュックサックを背負っている。

センターを遠巻きに包囲していた車輌の陰から数人のＳＩＴ隊員が走り出て、素早く女性の保護に向かった。

次の瞬間――

爆発が起こった。警察官達の見つめる前で、解放された女性とSIT隊員が吹っ飛び、パトカーの白い屋根に赤い雨がぱらぱらと降った。

現場に居合わせた全員が声を失う。

前例のない凶悪な犯行だった。犯人は人質に爆薬の詰まったリュックを背負わせ、解放すると見せかけて救助の警察官とともに爆殺したのだ。

直後、ネゴシエイト担当官の携帯が鳴った。

洪からだった。

〈ヘタな駆け引きはうんざりだ。つべこべ言わずにシャブを用意しろ。それにカネと飛行機もだ。用意できなけりゃまた誰かを吹っ飛ばす。こっちにはいくらでもタマはあるんだ〉

1

「立て籠もり犯は洪立誠《リーチエン》と李永慶《リーヨンチン》。ともに流弾沙《リウタンシャ》の残党で、押収を免れたキモノや武器弾薬を今日まで隠匿していたものと推測されます」

警視庁特捜部庁舎内の会議室で、捜査主任の夏川大悟《なつかわだいご》警部補が報告する。

キモノとは機甲兵装を指す警察独特の隠語であり、元は着物、すなわち〈着用する得物〉に由来するという。

流弾沙《リウタンシャ》は組織犯罪対策部だけでなく、特捜部でもマークし続けていた組織で、その壊滅に一役買ったという因縁がある。

「主犯は洪《ホン》で、重度の薬物中毒であることが確認されています。李《リー》は洪の舎弟で、組織内では〈洪の忠犬〉と呼ばれていたそうです。フィリピン人組織が川崎から第一京浜を北上するコースで麻薬を大量に移送することを嗅ぎつけた二人は、搬送先である大森本町の倉庫近くで待ち伏せ、ブツを強奪することを思いついたのです。二人は当日道路工事が行なわれることも知っていました。近所では前々から工事について告知されていたからです。そこで資材置場に隠したキモノに搭乗してトラックがやってくるのを待つという計画でした。現場近くの駐車場から二人が逃走用に用意した乗用車も発見されています。しかし情報とは違って、トラックが運んでいたのは麻薬ではなく、単なる東南アジア製の偽ブランド商品でした。逆上した二人は、大森署のPC《ピーシー》（パトカー）が予想以上に早く到着したこともあって、キモノのまま逃走、たまたま近くにあった児童教育センターに立て籠もったというわけです。以上の通り、犯行に至るまでの経緯、また要求内容から考えても、ほとんど行き当たりばったりの杜撰なものであることは明らかです」

「次、由起谷主任」

城木《しろき》貴彦《たかひこ》理事官の進行により、着席した夏川に代わって同じく捜査主任の由起谷志郎警部補が立ち上がる。

「折悪しく児童教育センターを見学中であったのは、大森大福小学校二年生三十九名と引率の教師五名。教師のうち、斎藤温子《さいとうあつこ》教諭三十八歳はＳＩＴ隊員三名とともに爆殺されすでに死亡。背中の小型リュックに詰められていたＴＮＴ爆薬が遠隔操作で爆発したものと思われます。他に人質となっているのは、逃げ遅れた施設職員が二名。脱出した職員の話によると、人質は全員二階の会議ホールに集められたようです」

会議室正面の大型ディスプレイに児童教育センターの構造図が表示される。

由起谷はレーザーポインターで図の各所を指し示しながら、

「建物の北西角に位置するこの会議ホールは、壁の一部が装飾的な明かり採りのガラスブロックになっている以外に窓はなく、非常口を施錠すれば完全な密室状態となります。つまり中の様子は一切不明。不幸にも、多数の小学生からなる人質を追い込み監禁するにはもってこいの場所であったと言えます。そしてここにキモノが一機。人質が逃げないよう入口のドア付近で睨みをきかせているものと思われます。ＳＩＴのネゴシエイターとの交信から、洪の通信電波はこの位置から発信されたことが確認されています。つまり、奥の会議ホールにいるキモノに搭乗しているのは主犯の洪と見て間違いありません。そしてもう一機、共犯である李の乗る同型機は、施設一階のロビー奥にあるエスカレーター併設の大階段前に陣取っている模様。おそらくは警察の突入を警戒しているものと考えられます。以上です」

　由起谷主任が着席する。

　大型ディスプレイには、代わって街頭の監視カメラのものらしい映像が複数表示された。捉えられているのは、いずれも被疑者の機甲兵装である。

　城木理事官が声を張り上げる。

「犯行に使用されたのは第一種機甲兵装『ノーム』二機。いずれもマニピュレーターに重機関銃を装備している。また、機体各部に接続された箱のような装備に注目してほしい。姿《すがた》警部の話によると、これは機甲兵装専用の特殊背嚢《はいのう》で、おそらく被疑者はこれに爆薬を詰め込んで現場に搬入したのではないかということだ」

　姿俊之《としゆき》部付警部は無精髭を撫でながらディスプレイを見つめている。歴戦の傭兵である彼は、機甲兵装の装備や運用について誰よりも詳しい。突入要員でありつつ、同時に特捜部の軍事顧問とでも言うべき役割も務めている。

「問題はだ」

　それまで部下の報告を聞いていた沖津《おきつ》旬一郎《じゅんいちろう》特捜部長がおもむろに口を開いた。

「今のところ我々に出動要請は来ていないということだ」

　全員が絶句する。

すでに夏川、由起谷の両捜査班を動かしておきながら、未だ出動要請がないとは。ならばこの会議は一体――

出席していた鈴石緑《すずいしみどり》技術主任も首を傾げる。確かに、凶悪な立て籠もり事件が発生したというのに、突入班が現場に急行していないのも不審と言えば不審だ。

「部長」

城木が憤然として上司を振り返る。部下達の気持ちを代弁するかのように、

「組織の通例にとらわれず、独自判断で捜査に着手できるというのが特捜部の身上だったのでは」

「待て城木」

同じく理事官の宮近浩二《こうじ》警視が同僚を制止する。

「刑事部と警備部の間で合同オペレーションにするという協定が成立したんだ。それも異例の早さでだ。おそらく本事案からウチを排除するという合意があったに違いない。また警備部長にはここでSATに名誉回復の機会を与えたいという意図があるのかもしれない。それを邪魔したとなると、ウチはこれまで以上に警備部の恨みを買うことになる。いずれにせよ、ウチが安易に動くべき局面じゃない」

これまでの経緯から、確かに酒田盛一《さかたもりかず》警備部長には特捜部に対して含むところが多々あるであろうことは疑いを容《い》れない。宮近の推察と指摘は誰しも首肯できるものであった。

「宮近理事官の言う通りだ」

副官の意見を支持した沖津に対し、今一人の副官である城木はなおも食い下がった。

「しかし部長、現に多数の犠牲者が出ているのです。これは前代未聞の凶悪事犯です。到底看過できません」

何を考えているのか、沖津は淡々と机上にある端末のキーを操作する。

大型ディスプレイは再びセンターの構造図に切り替わった。図上に表示された複数の赤いラインが、いくつかの通路や非常口を通り、奥の会議ホールに到達する。

「これは想定される突入ルートをシミュレートしたものだ。李の待ち構える一階ロビーまでは正面からダイレクトに突入できる。しかし見ての通り、ロビーの階段とエスカレーターを避けて二階の会議ホールに至るには、途中何か所かの非常口を通過する必要があるが、そこに爆発物のトラップが仕掛けられている可能性は極めて高い。どうかね、姿警部」

話を振られた姿は、場違いな軽い笑みを浮かべて同意を示した。

「まあ、素人でもそう考えますね、普通」

沖津はそこで、捜査員達にはお馴染みとなった得意の〈食えない〉表情を見せた。

「例の地下鉄立て籠もり事案でとんでもないトラウマを背負ったSATが二の足を踏むのも当然だ。万一、再びトラップに引っ掛かるようなことにでもなったら、SATはもはやトラウマどころではない、決定的なダメージを負ってしまう。間もなく酒田警備部長本人か、さもなくば総監から出動要請が入るだろう。それまで我々は、この難題をクリアする作戦の立案に全力を尽くそうじゃないか」

〈シャブはまだか。いつまで待たせる気だ〉

「待て、まだ二時間しか経っていない。約束は六時間だったはずだ」

〈知ったことか。早く持ってこい。もう待てねえ〉

「頼む、待ってくれ。できるだけのことはする。早まるな」

〈うるせえ。早くしねえと、また人質を吹っ飛ばす。言っとくがな、こっちはセンターのあちこちに爆薬を仕掛けた。ちょっとでも妙なマネしやがると、すぐに爆破してやる。ガキどもも全員道連れだ。どうせこっちには後がないんだ〉

沖津の読み通り、会議室に設置された警電（警察電話）が鳴ったのは、それから十分後のことだった。酒田警備部長からだった。

特捜部では、姿俊之、ユーリ・オズノフ、ライザ・ラードナーの三名からなる突入班、そして鈴石緑の指揮する技術班を中心に作戦会議の詰めに入った。

犯人を無力化する神経ガスの使用も検討されたが、たとえＮＢＣ防護機能のない機種であっても、機甲兵装に搭乗する相手には瞬間的な効果は期待できない。また犯人は仕掛けた爆薬の起爆スイッチを身近に置いていると推測される。効果を発揮するまでのわずかな時間に、犯人が起爆スイッチを押してしまう危険があった。さらには成長過程にある子供達にガスの後遺症が残ることも懸念された。

何より、今回の作戦は一階と二階の敵を同時に無力化する必要がある。少しでも時間差があれば、気づいたどちらかが人質を銃撃するか、爆薬を起爆させるだろう。会議ホールで子供達を監禁している洪《ホン》を先に制圧しても、気づいた李《リー》の機甲兵装が階段を駆け上がってくるまで時間はそうかからない。長くても十数秒。銃撃戦にでもなれば最悪だ。子供達の被害は避けられない。

人質を危険に晒《さら》さず、外界と隔絶した二階ホールにいる主犯を一瞬で無力化し、同時に一階ロビーの共犯を制圧する。

一見不可能とも思えるこのオペレーションを可能にする方法は果たしてあるのか。なくはない、と緑は密かに考えた。しかし、そのためには――

沖津特捜部長は決断した。

「『四号装備』を使用する」

2

〈もう待てねえ。てめえらの言いわけは聞き飽きた。もう一度思い知らせてやる。タマはいくらでもあると言ったはずだ〉

午後三時二分。児童教育センター正面口から、半狂乱になった若い男が走り出てきた。逃げ遅れた施設職員の一人であった。先に犠牲となった女教師と同じく、背中に小さなリュックサックを背負わされている。しかし第一の犠牲者と違って、左右のショルダーストラップがきつく縛られたビニール紐で男性の胴体部に固定されていた。

意味不明の絶叫を上げながら、男性は必死にビニール紐をほどこうとしている。だが食い込んだビニール紐は、容易には解けない。男性の爪が剝がれ、シャツの前が真っ赤に染まった。助けを求めて駆け寄ってくる男性に対し、包囲した警官隊は我先に逃げるように後退するしかなかった。

男性がビニール紐の一本を引きちぎったとき、爆発が起こった。両の足首だけをその場に残して男性の上半身と大腿部が消滅した。

映像こそ中継されなかったが、リアルタイムで報じられた第二の人質爆殺は日本中を震撼させた。

事件発生時より現場周辺は広く警察によって封鎖されているが、それでも混乱は広まる一方で、マスコミは報道合戦に躍起となった。人質となった児童の父兄は、我が子の安否を気遣って小学校や大森署に押しかけた。そうした映像までもが無節操に報道され、事態を収拾できない警察に対する世間の非難は際限なく高まるばかりであった。

大人から先に殺害しているのは、子供への手心などでは無論なく、抵抗しそうな者を先に排除し、無力な子供、すなわち〈タマ〉を残しておくためと推測された。どこまでも卑劣で凶悪な犯罪者である。

犯人から食料の要求は一切なかった。重度の薬物中毒者である洪《ホン》と李《リー》は、すでに覚醒剤のことしか頭にないのか、食欲さえ忘れているらしい。当然人質にも食事は与えられていない。児童の体力消耗が懸念された。脱水症状を起こしている危険もある。

ネゴシエイト担当官は食料の差し入れを何度も申し入れたが、犯人は頑なにこれを拒んだ。もはや交渉とは言えない状態だった。

携帯端末を通して、大勢の子供達の啜り泣きが漏れ聞こえた。威嚇する犯人の声も。

〈ガキどもが！　黙れ！　死にたくなかったら黙りやがれ！〉

包囲する警官隊にも児童教育センター内部からの散発的な銃声が聞こえた。警官達はそのつど歯嚙みしながらセンターを見上げるしかなかった。

〈ぶっ飛ばしてやる！　世界中のシャブを持ってこい！　バカにしやがって！　日本なんか悪魔に踏み潰されちまえ！　そしたら俺は総統府《ソントンフー》の隣にマンションと動物園を造るん

だ！〉
　携帯で悪口雑言の限りを尽くしていた洪の言葉に、意味不明の文言も混じるようになった。禁断症状は刻々と進行しつつあるようだ。人質は果たして無事なのか。ホール内の状況は依然として不明である。
　このままではいつ犯人が暴発するか分からない。事態は一刻を争う。

『四号装備』とはライザ・ラードナー警部専用龍機兵、コードネーム『バンシー』のオプション装備の一つである。特捜部に三体配備されている龍機兵の中で唯一、任務に応じて背面の装備を換装できるのがバンシー最大の特徴なのだ。

　特捜部庁舎地下にある技術班のラボで、緑はスタッフを指揮して四号装備とバンシー本体の調整に当たった。

　四号装備は本来、哨戒《しょうかい》及び索敵《さくてき》用の翼で、複雑に折りたたまれた可変翼の翼面がフェイズド・アレイ・レーダーになっている。レーダーのモードを変えることで、ADS（アクティブ・ディナイアル・システム）に転用可能。

　ADSは電磁波を利用した指向性エネルギー兵器で、主に暴動の鎮圧等に使用される。波長三・一ミリ（九五ギガヘルツ）のミリ波を照射することにより、皮下〇・三ミリにある痛点を刺激。二、三秒のうちに火傷のような激痛を引き起こし、戦意を喪失させる。電子レンジの原理と同じ誘電加熱で、実際に体内の水分を加熱するのである。九五ギガヘルツのミリ波は、皮下〇・四ミリ程度しか浸透しないため、非殺傷兵器とされている。

この周波数を変えることによってさらに殺傷兵器へと転用する。『四号装備』は当初からそうした利用法をも想定して設計されたものであるという。

重々承知のはずだった。にもかかわらず、緑はそのことに抵抗を感じている自分を奇異に思った。

殺人兵器ということであれば、銃器も機甲兵装も、すべて同じ、殺人のための道具だ。特にバンシーの『三号装備』など、大量殺人兵器の塊ではないか。

今さらどうしてそんなことを――

これがバンシーであるからか。〈死神〉の愛機であるからか。

鈴石緑警部補はテロで家族を失った。旅行先のロンドンで、のちに『チャリング・クロスの惨劇』と名付けられる大規模テロに遭遇したのである。IRF（アイリッシュ・リパブリカン・フォース）による犯行だった。そしてバンシーに乗るラードナー警部こそ、かつて〈死神〉と呼ばれたIRFのメンバーであった。

今は違う、ライザ・ラードナーはすでにテロリストではない、日本警察と契約した警察官だ――そんなおためごかしの数々が、テロ被害者である緑の心に届くわけがない。

しかし緑は、今日も黙々とライザの乗機とそのオプションである殺人兵器の整備に励む。それがテロとの戦いを誓って警察官となった自らの責務であるから。

どこかに根本的な欺瞞《ぎまん》がある。そんな思いがどうしても拭えない。だから苦しい。

心が引き裂かれるような苦痛を覚えながら、彼女は全身全霊を以《もつ》て仕事に打ち込む。

〈死神〉による処刑遂行のために。

3

午後四時二十九分。姿警部専用機『フィアボルグ』とラードナー警部専用機『バンシー』は、児童教育センターの北西に位置するビル三階の一室に入った。真新しいオフィスビルだが、三階はすべて未入居となっている。児童教育センターは一階フロアロビーの天井高がかなりあるため、同センターの二階が隣のビルの三階に相当する。

その部屋はちょうど互いの壁と道路を隔てて問題の会議ホールに向き合う位置にあった。直線距離にして約四〇メートル。児童教育センターの北西側に外部を視認できる窓はないため、向こうからこちらの動きは一切見えない。

緑と沖津の乗る特捜部指揮車輛はビルの裏にある路地に入って停車した。

「本部よりPD1、PD3へ。状況を報告せよ」

沖津がヘッドセットのマイクから通信を送る。デジタルで暗号化、変調されて送信されたその音声に対し、すぐに応答があった。

〈PD1より本部、所定位置に到着〉

〈PD3、所定位置に到着〉

PD1=フィアボルグ、PD3=バンシー。

沖津と背中合わせになった恰好で、龍機兵搭乗要員のバイタルを観測しながら、緑はその音声を聞いている。

沖津は決して波立つことのない凍った水面よりも冷静に命じた。

「本部了解。ただちに作戦開始せよ」

がらんとした広い空室のオフィスに立つ二体の龍機兵。従来の機甲兵装より一回り小さいとは言え、全長三メートル以上はあるのだが、その頭部が天井の白い塗装を擦《こす》ることはなかった。

壁越しに児童教育センターに向かって立ったバンシーは、まるで精神を統一するかのように純白の機体を強張らせた。

「PD3了解、作戦を開始する」

バンシー、機体内部。頭部を包むシェル内でライザが応答する。

バンシーの背面に接続された、キスリング型の背嚢にも似た横長のオプション『四号装備』。その左右の端からは、菱形の金属板がそれぞれやや外側向きの角度で突き出ている。

「四号装備、モードE、展開」

ライザの宣告と同時に、鈍い銀色に光る左右の金属板がたちまち大きく展開する。幾重にも小さく折りたたまれていた状態から、二重波形可展面を経て完全な平面へと移行する。いわゆるミウラ折りの応用で、人工衛星のパネル展開などにも使われている技術である。

薄い銀色の羽は、瞬く間に室内に広がった。

同時に姿警部の搭乗するフィアボルグも、左右のマニピュレーターを使って搬入した金属板を床面に設置する。かねてより技術班が開発を進めていた、機甲兵装用汎用小型ADSユニットの試作品である。基本的には四号装備と同じ原理による装置で、バンシー以外の機甲兵装でも簡便に使用できることを目的としている。

電磁波の指向性は強いが、人質の安全を考慮して万全を期する必要がある。電磁波を二方向から照射して、その交点、すなわち二つの波が形成する干渉波のピークがターゲットの位置に来るように調整する。万一人質が照射範囲内にいても、射線の交点から外れていれば害はない。

今回は四号装備を操作するバンシー側が主機で、フィアボルグ側の放射板が副機となる。副機を完全に床に固定したフィアボルグが動作確認を終えた後は、バンシー側で指向性などのコントロールを確認する。通常の使用法とは異なるため、電源はバンシーの内蔵電源ではなく、主機、副機ともに、指揮車輛の近くに駐車した電源車から電力の供給を受ける。

大きな出力で電磁波を放射すれば、当然放射板は熱を持つ。その高熱は素材の膨張、機器及び回路の破損につながる。高出力による長時間の連続放射はできない。

「PD3より本部へ。低出力で放射テスト開始する」

〈本部了解。テスト開始〉

ライザはバンシーのシェル内から四号装備と副機を操作し、児童教育センター二階会議ホールに向けて、比較的低出力の電磁波を照射する。動作に問題はない。

そのテスト放射でホール内の大まかな様子——人数、位置関係等が判明した。

〈PD3より本部。テスト終了。主機、副機ともにコントロール問題なし〉

指揮車内では、緑もバンシーからのデータを共有している。電子的情報のみならず、ライザの視界も、鼓動も、そして殺意を含む情動も。

ラードナー警部の動作は恐ろしいまでに完璧だった。人質救出という任務のためではあるが、殺人に至るプロセスに毛一筋動かすほどの動揺もない。

姿警部の手際もまさしくプロフェッショナルのものだ。それでもあえて言うなら、ラードナー警部の手練には、プロフェッショナルなどといった概念を超越する〈死をもたらす者〉としての冷酷さと厳粛さがある。なぜかそんなことを思った。

「鈴石主任」

とりとめのない緑の思考を戒めるかのように、背後から沖津部長が振り返りもせずに指示してくる。

「PD2のMAV作動状況の確認を」

「はい」

緑は慌てて頭を切り替える。

電磁波の交点に相当する有効範囲は直径三〇センチ程度しかない。犯人だけを確実に仕留めるためには、綿密な計測が必要になる。電磁波照射による外部からの測量だけではなく、内部からのリアルタイム情報が不可欠だ。

今回の作戦でその任を負っているのが、PD2＝バーゲストに装備されたMAV（マイクロ・エアリアル・ヴィークル）なのだ。

「MAVの作動状況は良好、ただしオズノフ警部の脈拍にわずかですが上昇傾向が見られます」

児童教育センター地下の保守点検室。そこに爆発物が仕掛けられていないことはSITによって確認済みである。従来機より走行音がはるかに小さいという龍機兵の利点を生かし、ユーリ・オズノフ警部専用機『バーゲスト』は犯人側に気づかれることなく、すでに保守点検室に入り込んでいた。機敏な移動はバーゲストの最も得意とするところである。

バーゲストは、背面腰部装甲の隙間――人体でいう右腸骨《みぎちょうこつ》の上あたりから、四機のMAVユニットを放出した。その全機が作戦通りインテリジェント・ビル特有の配線坑に潜り込む。直径八センチ、重量三六グラムの球形ユニット。容積の大半を占める二重反転ローターの揚力で、施設を縦に貫く主配線坑を上昇する。ローターのリムを取り巻く十二枚のベーンは、分割されたMAVの外殻である。一つ一つは球面を正三角形に切り取った形をしており、それが六枚ずつ、上下を指して並んでいる。閉じれば完全な球形となるこのベーンが、それぞれ自在に遊動し、飛行の安定を図っている。

やがてMAVは施設二階部に到達した。ベーンを収納して球形に復元。球は時に自ら転がり、また時に昆虫の如く脚部を伸ばして歩行する。それにより、狭所を思いのままに移動し、情報を収集することができるのだ。小型軽量化のため重いバッテリーや高出力無線装置が積めず、稼動時間と通信可能距離の短いことがネックだが、今回の任務においては実効性に支障はないと判断された。稼動限界は約十五分。どのみちそれ以上の時間がかかるようではこの作戦は失敗だ。通信距離については、四機のMAVを連携させることでクリアできる。

ユーリはバーゲスト内部からグリップのサムボールを使い先頭の一機を遠隔操縦する。残りの三機は自律的に一定の距離を保ちつつ、そのコースをトレースして送受信を中継、バーゲストとのネットワークを確保する。四機は完全に同一仕様となっており、先頭の一機にトラブルが発生すれば、即座に後続のユニットが機能を代替するというシステムである。

被疑者に気づかれぬうちに現場に侵入したMAVは、リアルタイム情報をバーゲストに送信。さらにバーゲストから指揮車輛に転送された情報は、バンシー、フィアボルグも共有する。

焦るな、落ち着いてやれ——

ユーリは慎重にグリップのサムボールを操作する。もちろん充分に訓練は積んでいるが、自分には不向きな任務だと思う。

手先は器用な方だという自信はあった。しかしこれは時間との戦いでもある。施設の設計図をディスプレイに重ね合わせながら、縦に、横に、MAVを操作して複雑な配線坑の中を走らせる。

モスクワで育った少年時代、スポーツと勉強には人並みに励んだが、級友とゲームに興じることは少なかった。そんなことが今さらながらに悔やまれた。

違う。これはゲームではない。ミスをすれば子供達が死ぬ。墓に横たえる小さな遺体さえ残さずに。

黒い魔犬たるバーゲストの鼻が外れて自律し、自ら獲物を追うかの如く、先頭のMAVはごく狭い配線坑を突き進む。そしてついに目的の会議ホールに到達した。

福島猛《ふくしまたけし》班長の指揮するSAT突入一班はすでに配置についている。四号装備の発動を待って突入する手筈である。

指揮車輛に別回線の通信が入った。現場の総指揮を執る高嶋参事官からだった。

〈たった今犯人が通告してきました。今度は子供を爆殺すると言っています。もう待てません！　そちらの状況は！　突入時刻は！〉

「あと一分お待ち下さい」

それだけ言って、沖津は通信を切った。

MAVのすぐ前に会議ホールの複合IDF（通信用端子盤）点検扉がある。施錠されたスチール製の扉を開けるほどの力はMAVにはない。しかし点検扉には、外から端子盤の配線とインジケーターの状態を確認することのできる窓が設けられている。そこからわずかに顔を覗かせたMAVのセンサーカメラは、室内の様子を光学的に鮮明な映像として捕捉した。同時にバーゲストのモニターに表示される会議室の3Dマップが更新される。霧が晴れるように解像度が上がった。内部にいる者の顔貌さえも判別できる。

予測の通り、入口近くに佇立した機甲兵装『ノーム』のハッチは開放され、コクピットから半身を乗り出した男が手にした拳銃を人質に向けて喚いている。男は間違いなく主犯の洪立誠《ホンリーチェン》。

〈PD2より本部、現場の状況を確認〉

指揮車輛でもタイムラグなしに同じ情報を把握している。

ラードナー警部から入電。

〈こちらPD3、ターゲットをロック。主機、副機セット完了。照射準備よし〉

沖津は顔色一つ変えずに命じた。

「照射」

ライザは躊躇《ちゆうちよ》なく実行した。

照射する電磁波は電子レンジと同じ二・四五ギガヘルツのマイクロ波である。

照準はターゲットの頭部にロックしている。

照射時間は三秒。

そのひとときでおまえは確実に死ぬ——地獄の業火《ごうか》に炙《あぶ》られて。

同時に正面口から突入したSATの第一種機甲兵装『ブラウニー』四機が、M82A1アンチマテリアル・ライフルで李《リー》の乗機を一斉に狙撃した。

李の搭乗するノームは、抵抗する間もなく弾痕だらけになって沈黙した。

午後四時五十九分。事件発生からおよそ七時間後のことだった。

現場の混乱は終息するどころか、黄昏《たそがれ》の陰翳が濃さを増すに連れ、次第に喧噪が激しくなっていくようだった。

解放された人質が次々と連れ出され、救急車に乗せられて順次運ばれていく。だが人数があまりに多く、救急車の数が足りなかった。ただでさえ狭い道が、押し寄せた報道陣と群衆でふさがれ、大森署員は総出で交通整理に忙殺された。

あちこちから怒号が、罵声が、そして安堵の啜り泣きが聞こえてくる。

走り回る警察官の間を抜けて、緑は現場の会議ホールに臨場した。四号装備の威力を自分の目で確認するためである。

空調の切られた現場に立ち込める肉の焦げた臭い。たまらずポケットからハンカチを取り出して鼻と口をふさぐ。

入口近くに突っ立ったままのノームのコクピットに、頭部の焼けた死体があった。〈焼けた〉という言い方は正確ではないかもしれない。沸騰した脳が、破裂した頭蓋の裂け目からどろりとこぼれ落ちている。眼球は弾《はじ》けたように割れて蒸発し、耳からはおびただしい出血があった。

悪行の報いとは言え、凄惨極まりない死にざまだった。

寒気を覚えた緑は、警視庁のスタッフジャンパーの上から自らの両肩を強く抱いて震えを抑えた。

ライザ・ラードナーとはやはり〈死神〉なのだと思う。そしてその〈死神〉にふさわしい、恰好の大鎌を与えた己を嫌悪する。

その鎌は人の目に見えないだけでなく、壁や柱をすり抜けどこまでも伸びて、灼熱の刃《やいば》で罪人の魂を燃やし尽くすのだ——

悄然《しょうぜん》とした足取りで児童教育センターの外に出た緑は、敷地の端に立つラードナー警部に気づいた。

隣のビルにバンシーを残し、一人歩いてきたらしい警部は、なぜか立ち止まってセンター前の喧噪を眺めている。

緑は反射的に彼女の視線の先を追った。ラードナー警部が見ているのは、救出された子供達の列だった。

黄昏の光のせいだろうか——最初はそう思った。日没前のほんの一瞬、荘厳な残照の当たる角度が、偶然に生み出した印象だろうかと。

そのときの警部の横顔は、〈死神〉のそれではなく、またいつもの虚無でもなく、まるで〈慈母〉のものであるかのように緑には見えた。

輪廻

りんね【輪廻】〔仏教〕衆生《しゅじょう》が煩悩《ぼんのう》と業《ごう》によって三界六道《さんがいろくどう》に生き死にを繰り返し、永遠に迷い続けること。

望遠レンズの向こうで、黒人の男は曖昧な笑みを浮かべていた。虚ろなまでに乾き果てた笑み。すこんと抜け渡るようでいて、じっとりとした闇夜のように何も見えない。

ファインダー越しに監視しながら、由起谷志郎警部補はそう思った。

そんな印象を抱いたのは、荒《すさ》んだ少年時代を送った末に警察官になり、いっぱしに世の中の裏と表を知ったつもりでいた彼が、まるで見たこともない類いの笑いであったせいかもしれない。

西新宿の裏通りに面した雑居ビルの屋上からは、向かいの安ホテルの一階にあるカフェラウンジの窓際席がよく見えた。

商談の場であるはずなのに、黒人はぼんやりと窓の外を眺めている。喋っているのは専《もっぱ》ら隣に座った白人だった。胡散臭い髭面の痩せた男。彼らの向かいにはアジア人の客が二人。用心深そうな顔で白人の話を聞いている。

由起谷の横に立った部下の松永《まつなが》捜査員が声を上げる。

「あの二人、流弾沙《リウタンシャ》の台湾人ですよ」

由起谷はカメラを下ろして頷いた。

「デオプの目的はやはり武器の買い付けか」

『流弾沙』とは台湾人によって構成される武器密売組織の名称で、主要幹部の逮捕により一度は壊滅したかに思われたものの、最近になってまたしぶとく活動を再開したことが確認されている。そのため、流弾沙構成員の顔と名は特捜部全捜査員の頭の中に叩き込まれていた。

しかし、その日由起谷が追っていたのは台湾人の方ではない。

ムサ・ドンゴ・デオプ。ウガンダの反政府組織LRA（神の抵抗軍）の武器調達担当幹部の一人と目されている。入手の経緯は不明だがウガンダ政府発行の正式なパスポートを所持しており、デオプはそれを使って二日前に入国した。パスポートに記された生年月日によると二十七歳だが、記録によって男の年齢は二十四歳から三十一歳とまちまちである。

ずんぐりとした体型に愛嬌のある丸い顔。その外見からは本当の年齢は分からない。

「それにしても、アフリカの軍事組織がなんでわざわざ日本まで……武器の買い付けなら中東ルートの方が近いでしょうに」

松永の漏らした疑問は当然である。しかし合法的に入国し犯罪の事実もない外国人を連行して尋問するわけにもいかない。今はこうして監視下に置くしかなかった。

デオプに同行している白人は密輸商崩れのアメリカ人ジョン・ヒックス。英語と日本語を話せる彼がこのツアーの案内役らしい。もっともウガンダの公用語は英語とスワヒリ語で、デオプ自身も英語を話す。

外の車道を眺めていたデオプが、振り返って二言、三言、口を挟んだ。台湾人がたちまち緊張する。何か鋭い質問か辛辣な批評でもしたようだ。ヒックスが場を取りなすように卑屈な顔で大仰に笑う。

そこで急に関心を失ったかのように、デオプは再び視線を窓の外に向けた。

由起谷は彼の口許に、やはり名状し難い曖昧な笑みを見た。

デオプの監視は由起谷班の捜査員が交替で行なった。

監視二日目。都内をタクシーで移動。午後五時、六本木のクラブ《ルーシー》へ。取引等の形跡なし。午前二時二十分タクシーでホテルに戻る。

監視三日目。都内を移動。午後四時三十分、赤坂《美咲》。午後八時四十五分同店を出て六本木《ラバーズ》。取引等の形跡なし。午前二時ホテル帰着。

監視四日目。午後五時十五分、六本木《ルーシー》。午後十時十分六本木《FUJI》。

午前一時新宿《ブルードーシ》。取引等の形跡なし。午前三時三十七分ホテル帰着。

予想に反して彼が接触した裏社会の人間は流弾沙《リウタンシャ》の台湾人だけだった。双方にとって収穫のない結果に終わったらしいその会見以降、デオプはヒックスの案内で不良外国人のたむろする六本木のクラブを遊び歩いていた。

デオプの要望というよりヒックス自身の好みであるらしく、派手に騒ぐヒックスと同じボックス席で、ずんぐりとした黒人は結構なピッチで高い酒を口に運びながら、当惑したような、それでいて沈思するような笑みを浮かべていた。

ヒックスには酒乱の傾向があり、深夜のクラブで暴れる彼をデオプが連れ出してタクシーに押し込むというのが連日の流れであった。子ネズミのような昼間の態度とは一変して大声で喚くヒックスに対し、デオプの表情は終始変わらなかった。

監視五日目。デオプは同じ西新宿のホテルでビジネスマンらしい三人の日本人と接触した。

台湾人のときとは違い、デオプは熱心に相手の話を聞いているようだった。どうやらこちらが来日したメインの目的であるらしい。三人を相手に英語で話し込んでいた。

会見は七十五分に及んだ。ホテルの出口まで見送ったデオプとヒックスに、三人は丁寧に挨拶をして引き上げていった。その際のデオプの笑みは、一見愛想のよい上機嫌なものに見えながら、奇妙な不可解さを増していた。

由起谷班の捜査員は即座に日本人側の尾行を開始。すぐに三人の身許《みもと》を突き止めた。いずれも『本川製作所《もとかわ》』の社員であった。

同社は医療機器のメーカーで、身体障害者用の義手や義足などを製作している。業界では中堅として知られていた。後ろ暗いところはまったくない。社会的には完全に堅気の企業である。

監視六日目。午後二時、品川プリンスホテルで本川製作所営業部河野高雄《こうのたかお》、同社第一製作部山浦晃《やまうらあきら》、北和弘《きたかずひろ》と会談。

監視七日目。午後一時三十分、新宿パークホテルで河野、北と会談。

監視八日目。目立った動きなし。

監視九日目。午後三時、台東区本川製作所本社を訪問、同社取締役三田孝之助《みたこうのすけ》と面談。

監視十日目。午後二時五分、台東区本川製作所工場を訪問。目的は不明。

デオプはヒックスを伴って、自ら本川製作所の本社や工場にまで足を運ぶに至った。兵器どころか医療器具を製作している会社に、悪名高いアフリカの軍事組織が一体なんの用があるのか見当もつかない。

傷病兵の福祉に突如目覚めたとでもいうのだろうか。由起谷の直感はその可能性を否定する。デオプの笑みはそんな分かりやすく生温《ぬる》いものでは決してない。

由起谷主任は困惑した。

「少年兵用のオプションだよ」

捜査会議の最中に、姿俊之警部が突然発言した。

由起谷の報告を全員が聞いているときだった。

「何がですか」

思わず聞き返した由起谷に対し、姿はこともなげに、

「だからデオプが本川製作所に作らせてるものさ。機甲兵装操縦のためのオプションに違いない。ＬＲＡが発注したのか、本川の方から売り込んだのか、そこまでは分からないが」

少年兵については知っている者も知らない者もいた。手許の端末ですぐさま検索している捜査員もいる。由起谷は知らなかった。

少年兵。泥沼の内戦に明け暮れる中央アフリカでは、軍事勢力が村を襲っては幼い子供達を拉致し、洗脳、訓練して兵士に仕立てる。十歳にも満たぬ少年を麻薬漬けにし、少女を性的な奴隷とする。訓練の過程においては少年に自分の家族を殺させ、服従を試すと同時に後戻りできなくさせることもあるという。

命令に従えば生きるチャンスを与えられるが、従わなければその場で家族ともども殺される。過酷というにはあまりに過酷な日々の中で、強制されたものであったはずの殺戮を、

少年達は当然のこととして日常的に為すようになる。

少年の暴力は衝動的で歯止めが利《き》かず、戦争の目的がどんどん見えにくくなっていく。少年兵の存在が、紛争の残虐化、長期化の原因となり、解決を困難にさせている。親を殺し、兄弟を殺し、偏向した価値観と憎悪を植え付けられた彼らに明日はない。被害者であり、同時に救い難い加害者でもある。内戦が終結しても社会復帰は不可能に近い。

スーダン、コンゴ、そしてウガンダ。LRAはいずれの国でもこの恐るべき戦争犯罪を継続的に行なっている。二十世紀の末頃から国際問題になっていたが、機甲兵装の普及後もそれは変わらなかった。もともと兵器の軽量化が少年兵の増加を促したという側面があったのだが、搭乗者の致死率が高い機甲兵装の場合、使い捨てにできる少年兵のメリットはさらに増大した。

「ゲーム機と同じでね、子供の方が習得は早いんだ」

姿警部の話に、特捜部の全員が戦慄した。子供好きの由起谷は特に。

警視庁特捜部の中核を成す未分類強化兵装『龍機兵』に搭乗する突入要員として警察外部より招聘された姿俊之の本業は、民間警備要員、すなわち傭兵である。国際的な軍事情勢については警察内部の誰よりも詳しい。

「自動車で障害者用の運転補助器具があるだろう。機甲兵装にもああいうオプションがあるんだ。子供の場合、身の丈がコクピットに合わないからそれを使う。だがそいつはあくまで普通の場合だ」

〈普通の場合〉だって？　由起谷は耳を疑う。少年を機甲兵装に押し込めて戦闘を強制する話など、最初から普通であるとは到底思えない。

姿は手にした缶コーヒーを一口啜って先を続けた。

「アフリカで見たことがある。手足を切断されて無理やり義肢をつけられた子供だ」

「なんですって」

由起谷は思わず叫んでいた。

「そんなに驚くなよ。アフリカでは捕虜の手足をぶった斬ることは特に珍しくもない。ましてや子供の手足なんて夕食の鶏の首より簡単に落とされる」

「おっしゃることの意味がよく分かりません。機甲兵装の補助器具と手足の切断とがどうつながると言うんですか」

気色ばむ由起谷を制し、

「まあ聞けよ。補助器具は所詮補助器具で、性能には限界がある。ところがだ、機甲兵装の操縦に特化した義肢——と言っても人間の手足の形すらしてないが——これなら平均して人体を上回る反応速度が出せるらしい。子供の手足を切断してこいつを接続する。未成熟な神経系の方が大人のものより馴染みが早いっていうんだ」

全員が衝撃を受ける。想像を絶する蛮行。人間が人間に対し、決して行なってはならない行為。だがそんな規範など実際には存在しないことを、若くしてほとんど白髪と化した姿警部の佇《たたず》まいが雄弁に告げている。彼がこれまで渡り歩いてきた世界では、そうした行為こそが日常であったに違いない。

由起谷をはじめとする全捜査員が想起する——確かに本川製作所は、コンピューター制御による筋電義肢の開発で知られていた。そのことは同社ウェブサイトのトップページにも謳われている。

「姿警部の話は事実だ」

それまで黙って聞いていた特捜部長の沖津旬一郎警視長が口を開いた。

「少年兵の四肢切断による義肢の強制装着は確かに国際問題になっている。だが姿警部、私にも理解できない点がある」

「なんでしょう」

「不謹慎な言い方になるが、そんな義肢があるのなら、もっと普及しているはずじゃないか。アフリカの現実からするとだ。紛争地域の軍事組織が競って子供の手足を斬り落とそうとしていてもおかしくはない」

「コストの問題ですよ」

あっさりと姿は言い切った。

「そんな高性能の義肢は値段が張る。費用対効果って奴です」

「逆に考えると、大幅にコストダウンした製品がもし仮に開発されたとすれば、それは一気に普及するということか」

「ま、そうなりますね」

全員が瞬時にその意味を察して蒼白になる。

「本川はそんな義肢を作ってるって言うんですか。デオプはその買い付けに来日したと」

愕然とする由起谷に、姿は平然と答える。

「たぶんね」

戦慄すべき状況であった。もしそのような〈補助器具〉が開発され市場に出回ったとしたら、それは常軌を逸した児童の虐待を加速度的に増大させるだろう――

沖津は一同に指示を下した。

「由起谷班はデオプの監視の継続。次に夏川班」

「はっ」

夏川班の夏川大悟主任が立ち上がる。

「由起谷班と合同で本川製作所の内偵に当たること。本川にとっては大事な企業秘密だろうが、看過し得る事案ではない」

「はっ」

直立不動で返答する夏川の面上には、煮えたぎるような義憤と、そして困惑とがあった。

人間の本性を聞かされながら、現実として素直に受け入れられないという困惑。それは由起谷も同じであった。同時に彼はもう一つ、未だ言葉として表わせない別の困惑を抱えていた。

困惑であり疑問である――デオプのあの曖昧な笑み。

「本川と言えば、ピエゾを使った医療機器の研究では定評のあるメーカーですよ。センサーでもアクチュエーターでもトップクラスです。自前の製造ラインも持ってますしね」

技術班のラボで、柴田《しばた》賢策《けんさく》技官は捜査班の情報を元に資料を作成していた。

由起谷と夏川は、食い入るような目でディスプレイを覗き込んでいる。

ピエゾとは、一般に「ピエゾ効果」と呼ばれる現象を利用した圧電素子のことである。圧力を加えれば電荷を生じ、逆に電圧をかければ結晶の長さに変位が起きる。応答は非常に早く、また精密。硬質で荷重に強く、高トルク且つ省電力。古くからセンサーやインジエクターなど、さまざまな機器に利用されてきた。もちろん機甲兵装にも使われている。

内偵の結果、本川製作所が開発中の〈新製品〉は、ピエゾを筋電義肢の駆動と感圧に応用したものであることが判明した。

「いま主流のサーボモーター式と違って、ものがセラミックですからね。開発に金と時間がかかる反面、完成のあかつきには量産効果が大きい。大量注文があったとすれば、大幅なコストダウンも可能でしょう」

キーボードを叩きながら柴田が言う。

「最近は大きな技術発表もなかったんで、実用化はまだ何年か先だろうと思っていたんですが」

「なぜ秘密にするんだろう」

夏川の問いに、

「発表してしまったら、たちまち模倣品が氾濫して大手に食い潰されるからですよ。そうなる前に投資を回収し、利益を確保しておきたいと考えるのは当然です」

ディスプレイにCG画像が表示される。

それは異様な形状をした上下二組の器具の立体図だった。その図が機甲兵装の標準的なコクピットの透視図に重ねられる。人体の肘から先、膝から先が二股に分かれ、各四本のレバーとペダルに固定される。しかも手指に当たる部分は、スティック上の操作ボタンの配置に合わせた形状をしている。

姿警部の言った通り、それは人の手足ではない。人間の尊厳を剝奪された何かであった。

夏川は唇を固く結んで画面を凝視している。

「操縦者側じゃなくて、機甲兵装側に固定するというのが悪質ですね」

柴田もおぞましげに顔をしかめ、

「義肢を外してコクピットから降ろせば逃亡もできない。戦闘時じゃない平時は人間の生活をさせないってことでしょうか」

「義肢じゃない」

由起谷が吐き捨てるように言った。

柴田と夏川が振り返る。白面とさえ称される由起谷の白く整った顔は、怜悧を通り越して氷のようになっていた。

「自分はこれを義肢とは呼びたくない」


捜査会議の三分前には、全捜査員と突入要員が集合して部長の入室を待っていた。作成された資料には全員が目を通している。その日室内に充満していたのは彼らが遠慮なくふかす煙草の煙だけではない。人道に奉職する警察官としての抑え難い怒りであった。開始予定時刻ちょうどに、城木貴彦警視、宮近浩二警視の両理事官を従えた沖津が入室した。

口火を切ったのは宮近理事官だった。

「ムサ・ドンゴ・デオプと本川製作所の立件は見送りとする」

全員が唖然《あぜん》とする。一人、予期していたらしい姿警部のみは苦笑して缶コーヒーを口に運んだ。

「経産省とも協議したが、本件の場合、防衛装備移転三原則等に該当するかは微妙という結論になった。武器関連の輸出については『輸出貿易管理令』が定めているが、本件の〈義肢〉は原則として管理令に抵触しない」

「あれは義肢などではありません」

由起谷が憤然と立ち上がった。

宮近は構わず続ける。

「しかし管理令の別表一六項の補完的輸出規制、いわゆる『キャッチオール規制』に引っかかるのではないかと検討してみた。条文は配布資料の通り。要点を端末に表示するので確認してほしい」

各員の手許にある端末のディスプレイに細かい文字列が表示される。

そこにはこう記されていた。

一、その貨物や技術の「需要者」や「用途」からみて核兵器等の開発等に用いられる懸念があるかどうか。

二、一の確認に加えて、仕向地が輸出令別表第三の二に掲げる国・地域（国連武器禁輸国・地域）への輸出の場合は、その貨物や技術の「用途」からみて通常兵器の開発等に用いられる懸念があるかどうか。

宮近は捜査員の抗議も当然承知という顔で、

「機甲兵装やその関連貨物は核兵器ではないので、二に該当するかどうかだが、別表第三の二にはこうある——［アフガニスタン、コンゴ民主共和国、コートジボワール、エリトリア、イラク、レバノン、リベリア、リビア、北朝鮮、ソマリア、スーダン］」

読み上げる宮近の声を待つまでもなく、全員の目がディスプレイに表示された国名を追っている。

「そうだ、ウガンダは入っていない。つまり、本川の製品が機甲兵装の操縦に使用されるかどうか以前に、現行法では本件の立件は難しいと判断されたのだ」

そんな——

声もない由起谷や捜査員達に向かって、沖津が口を開いた。

「私の見通しが甘かった。許してほしい」

部下に対して彼が謝罪するのは初めてのことである。

「昨日、厚労省及び経産省とともに本川製作所への任意の聴取を行なった。本川側は一貫して医療機器であると主張している。関係省庁のすべてがお手上げだ。傷病兵の補助器具であるのも事実だからだ。また、今後の身障者介護器具の発達に寄与する技術であることも間違いない。そのことは厚労省も認めている。問題は少年兵に対して強制的に使用されるか否かで、それは誰にも証明できない」

由起谷が悄然と着席する。圧倒的な現実に、立っている力さえ失ったかのように。

沖津の苦衷《くちゅう》は充分に察せられた。城木理事官も暗鬱な顔でうなだれている。宮近理事官も。言いにくいことを部下に告げる役を、彼は自ら買って出たのだろう。

「……そこでだ」

沖津が懐《ふところ》から愛飲するモンテクリストのミニシガリロを取り出した。

「方針転換といきたいのだがね」


深夜、六本木の《ルーシー》で、泥酔した白人男性が英語で喚きながら暴れ始めた。

「俺はこんな所で燻《くす》ぶってるような男じゃない！　俺はCIAのために一個小隊分の機甲兵装を調達したことだってあるんだ！　本物のビジネスマンだ！　ソマリアじゃ俺は大物なんだ！」

常連客のジョン・ヒックス。飲むに従い人格が変貌する。よくいるタイプだ。鬱屈を隠した小心者。店もいい加減迷惑しているが、連れてくる客筋が客筋なので、強い態度にも出られず放置している。

ヒックスはボトルを床に投げつけ、テーブルをひっくり返した。二人のボックス席にいたホステスが悲鳴を上げる。連れの黒人が外に連れ出そうとしたとき、観葉植物が彼の足に当たって倒れ、行手を塞いだ。デオプがそれを無造作に蹴って退《ど》かす。そのはずみで植木鉢が割れた。

勘定の紙幣を多めに残してそのまま店を出るのが二人の常だったが、その日は違った。突如乱入してきた男達がヒックスとデオプを取り押さえた。大暴れするヒックスに対し、デオプは特に抵抗らしい抵抗もしなかった。

角刈りの男――夏川主任が二人に腕時計を示して言った。

「はい時計ちゃんと見て。分かるね、これ。午前一時四十七分。器物損壊で現行犯逮捕」

現行犯で逮捕された二人は所轄の麻布署に引致された。

器物損壊は親告罪だが、店との話はついている。ヒックスの所業をかねてから持て余していたこともあり、店側は特捜部の説得に応じて告訴に同意した。

検察はデオプとヒックスに対し、略式起訴で罰金刑に持っていく考えである。すべての刑事手続きが終わり次第、二人の身柄は入国管理局に引き渡される。

特捜部と検察、入管との共同オペレーションであった。

二人には退去強制手続きが取られることになる。退去強制とは行政処分の一つで、俗に言う強制送還のことである。退去強制事由は入管法第二四条一項四号のイ。

――それは単なる先延ばしでしかありません。事態は何も変わらないのでは。

その方針を聞かされた由起谷は首を傾《かし》げた。

国外に退去させても、外国で取引されればそれまでである。それに一定の期間――この場合五年――が過ぎれば再入国さえ可能となる。

――その通りだよ。

沖津はシガリロを燻《くゆ》らせながら頷いた。

――他に有効な手段はない。それが現実だ。

法整備の不合理という日本の現実。少年に大量殺人を強いるアフリカの現実。

うなだれる由起谷に、沖津は言った。

――だがこの事案を契機に、犯罪対策閣僚会議の下に担当課長級の作業部会が設置されることになった。

その言葉に、由起谷は顔を上げて上司を見た。

――医療器具、それに武器密輸関連となると、警察庁、厚労省、経産省の他に、外務省、財務省、法務省が関わってくるが、犯罪対策閣僚会議の下であれば警察庁出身の内閣参事官が中心になって実務を担当することになる。警察主導でいけるだろう。

立件を見送らざるを得なくなった段階で、沖津は警察庁と内閣官房になんらかの働きかけ、あるいは根回しを行なっていたのだ。

――我々はこの現実の中で日々できることをするしかない。製品が完成する前に法が改正されることを祈ろうじゃないか。

それは、沖津が自らに言い聞かせているようにも聞こえた。


デオプとヒックスの身柄が入管に引き渡される前日の夜、姿警部と由起谷主任は二人が留置されている麻布署を訪れた。

許可を得て取調室を借り、デオプと面談する。

「どうだい、日本の留置所は。ベッドの寝心地が気に入らなきゃフロントに文句を言うといい」

姿が英語で話しかける。面白くもない冗談の意味が分かりかねたのか、デオプは機械的に笑った。

「今日はあんたのプライベートについて訊きたいと思ってね。あんたは取り調べにはやけに素直だったそうだが、その一方でなんにも喋らないこともあったってな」

面談は由起谷の希望であり、姿は通訳として同行を承知した。しかし由起谷の意図は姿も理解しているので、率先して会話を進めてくれている。姿の英語は由起谷にも聞き取りやすいものだった。

「これを見てくれ。あんたのよく知ってるものが映ってる」

姿は一枚の写真をデオプに示した。それは黒い肌にできた火傷の痕のようだった。何かの紋様のようにも見える。

「あんたのシャツの下、そう、その胸にある烙印だ。こいつは取り調べ時に撮影された写真で、俺は立ち合ってないから実物は見てないが、一目で分かったよ。これはLRA北部地域の部隊が拉致してきた子供に捺《お》す焼印だ。あんた、元は少年兵だろう?」

デオプは笑みを浮かべたまま何も答えない。

その顔を由起谷はじっと見つめる。経験を積んだ捜査員である彼には、肯定か否定か、相手が言わずとも大概は分かる。だがデオプの笑みからはやはり何も読み取れない。

「起訴事案に関係ないから誰も突っ込まなかったらしいが、俺は気になってね。俺もアフリカにいたことがあるんだ。あんたらの仲間とも戦った。機甲兵装に乗った相手の歳なんて戦闘中は分からないからな。操縦してたのが実は子供だったって後で言われてもさ」

由起谷は頰を叩かれたような思いで姿を見た。捜査会議では語られなかった彼の述懐であった。

言われるまでもないはずだった。それが機甲兵装による現代の戦争だ。どうして誰も考えが及ばなかったのだろう。姿は子供を殺している。戦場で。

飄々《ひょうひょう》とした口調のせいで、彼が内心に抱いている煩悶の程度は分からない。魂を焼くような懊悩か、それとももとうの昔に単なる仕事と割り切ったか。もとより由起谷には想像するしかないことだった。

「悪い、話が逸《そ》れたな。あんたに関しては、取り調べ時に初めて分かったことがもう一つある。あんたの左手、義手なんだってな。みんなびっくりだ。この由起谷も、監視してるときにどうして見抜けなかったのかってしきりに言ってたよ。腕利きの刑事の目をも欺《あざむ》くとは、あんた、なかなかやるじゃないか。訓練が身についてる」

やはり飄々とした姿の口調。そしてやはり曖昧なデォプの笑み。

「その腕、あんたも斬り落とされたんだろう、子供の頃に。そして無理やり義肢をつけられ機甲兵装に乗せられた。違うか？」

デォプは依然として笑っている。すこんと抜け渡るようでいて、闇夜のように何も見えない。

その笑いの意味が分からなかった理由——由起谷にとってそれはすでに明らかだった。最初から分かるはずもないものだったのだ。姿警部の内面と同じく。

家族から引き離され、あるいは家族の殺害を強要され、挙句に腕を切断されて人型の軍用兵器に押し込められる。日々の糧は麻薬であり、虐殺であり、凌辱である。より多く殺した者が賞賛される。何も理解しないままに高揚し、陶酔し、率先して殺すようになる。

この世の地獄を見たはずの人間が、地獄より巡り還って同じ蛮行を見知らぬ少年に繰り返す。無限に続く暗黒だ。

男は確かに暗黒の世界からやってきたのだ。

自分から聴取する気力は由起谷にはもはやなかった。姿ももう何も言わない。

デオプは曖昧な笑みのまま、二人を眺めるだけだった。

済度

さいど【済度】〔仏教〕菩薩が迷いの境界にいる衆生を教え導き、悟りの彼岸へ救い渡すこと。

――妹はどこだ。

突きつけられた銃口を前にライザが咄嗟に反応できなかったのは、男達の一人がそんなことを怒鳴っていたせいだろう。

「動くな！」

「ゆっくりと立て！」

「手を頭に乗せろ！」

「名前は！」

「貴様一人か！」

「妹はどこだ！」

通りに面した掘っ立て小屋のようなレストラン。乱入してきた男達のＡＫ‐47が、壁際のテーブルに座っていたライザを取り囲んでいる。

妹はどこだ。

どこにもいない。妹は死んだ。

ライザはぼんやりと男達を見つめる。野戦服の男が二人。Tシャツに軍用ベストの若い男が一人。青いオープンシャツの男が一人。

「聞こえねえのか！　立て！」

軍用ベストの男がスペイン語で喚く。周囲では粗末な造りの窓や壁が風に軋みを上げていた。スコールの兆候だ。

ゆっくりと立ち上がる。近寄ってきた男が素早くライザの身体検査をする。フィールドジャケットの下に大型のリボルバーを見つけた男は、驚いたように声を上げた。

「こんなのを持ってやがった」

S&W M629Vコンプ。一点の曇りもないステンレスの銃身が、重く澱んだ湿気の底で銀の光を閃かせる。コロンビアとの国境地帯では銃はパンの皿よりも珍しくないが、特注のカスタムガンとなると別だろう。

「やったのはてめえか」

無言でいると相手はさらに激昂し、奪ったM629の銃口を突きつけてきた。

「答えろ」

そのとき、携帯の着信音が鳴った。年かさの野戦服の胸ポケットからだった。男はすぐさま携帯を取り出して応答しながら、目で他の三人を制した。どうやら彼がリーダーらしい。

「……分かった……他に情報は……いや、こっちはまだだ……大丈夫だ、任せてくれ」

携帯を切った男は、何を思ったか不意に近づき、手にしたAK－47の先端でライザの左腿を小突いた。デニムを穿いたライザはよろめきもせず、首を傾げて相手を見た。

「こいつじゃない。人違いだ」

リーダーの男はそう言って踵《きびす》を返した。

「逃げた女は左足を撃たれているそうだ。それが目印だとさ」

店を出ていくリーダーに、軍用ベストの男が不服そうに声をかける。

「待てよギオマル、この女はどうする」

ギオマルと呼ばれた男がうるさそうに振り返った。

「ほっとけ」

「いいのか。どう見たってタダ者じゃないぜ」

「それくらい分かる」

「だったら……」

「いいかペピト」

なおも食い下がる部下に、強い口調でギオマルが言った。

「わけありの流れ者なんかこの街にはいくらでもいる。そんな奴に関わってる暇はない。肝心の女を逃がしたりしたら、ドン・バルケロの身内に殺されるのは俺達だぞ」

ギオマルはそのまま出ていった。他の二人も後に続く。

ペピトは舌打ちしながらライザを睨みつけ、M629を自分の小汚いズボンの尻にこれ見よがしに突っ込んで仲間を追った。

残されたライザは、何事もなかったかのように元の椅子に腰を下ろし、ぼんやりと外を眺めた。ぬかるみの道を歩み去る男達ではなく、通りに充満する湿気の彼方に過去を見ていた。

妹はどこだ――どこにもいない。ミリーは死んだ。自分が殺した。

大粒の雨を伴ったスコールが、強く表通りを叩き始めた。


ベネズエラ、スリア州。ベネズエラ湾を臨む港町サン・リベルラの宿屋で、ライザは雨の音を聞いていた。塵芥の悪臭が染みついたようなその宿は〈先方〉の指定であった。どうせあてどもない旅だ。仮寝の宿がどこであろうと気にならない。

窓を打つ雨を見ながら、ライザは固いベッドに横たわって先刻の出来事を考える。

昼食を取ろうと立ち寄った店。突然乱入してきた男達。軍人でも民間人でもない。パラミリタリー（非合法武装集団）か、あるいはただの犯罪者か。どれでも同じだ。南米では体制と反体制とが混然と一つになって区別できない。あるのはすべて等しく暴力だ。ライザの捨てた故郷もまたそうだった。

ＩＲＦは組織の逃亡者を許さない。彼らは飽きることなくライザを追い、ライザもまたそれを待ち受ける。パリ、ストックホルム、マドリード。ＩＲＦの追手をもう何人始末したことか。昼間の男達はもちろん違う。暗殺に特化したＩＲＦの処刑人とは比ぶべくもない、アマチュアと言ってもいいレベルだった。

麻薬の流通ルートである国境地帯には掃いて捨てるほどいるゲリラ。大部分は大した軍事訓練も受けていないゴロツキ同然の犯罪者だ。それでも無造作な殺人の経験は豊富だろう。昼間の四人は一体誰を捜していたのか。なぜ自分と間違えたのか。

分からない。ただ自覚する——彼らの放った一言は、ＩＲＦの銃弾よりも鋭く胸を撃ち抜いた。

ミリー。私が殺した妹。私がこの手で。この手で。この手で——

携帯端末が鳴った。Ｘからだった。ライザをサン・リベルラに導いた〈先方〉だ。

〈カラカスに着いた。アクシデントで仕事が長引いている。そっちに行けるのは明日になりそうだ〉

携帯から流れ出る英語。アメリカ東海岸風のイントネーションを微かに感じる。ニューヨークあたりの〈業界人〉か。

　ライザは同じく英語で応える。

「昼間四人のゲリラに歓迎された」

〈ほう〉

「サン・リベルラに着いた途端にだ」

〈それで？〉

「仕掛けたのはあんたか」

　電話の向こうで相手は声もなく笑った。冷静に計算され尽くしたような笑いの気配。動揺は感じられない。

〈なぜそう考えるのかね。国境地帯ではそれくらい日常茶飯事だろう〉

「妹のいる女を捜しているらしい」

〈偶然だな〉

　冷ややかな返答。やはり動揺はない。

「ドン・バルケロという男を知っているか」

〈知らない〉

「調べろ」

〈そんな義理はない。こっちは多忙だ〉

「なら今夜にでも街を出る。こっちもおまえに会う義理はない」

今度ははっきり声に出してXは笑った。

〈分かった。時間をくれ。少しでいい〉

通話は切れた。干涸びた蜘蛛の死骸が転がるサイドテーブルに携帯を置き、再び視線を雨の夜に戻す。

X。名前は知らない。顔も知らない。興味さえない。逃亡の途次、一時身を寄せたユニオン・コルスを通じて接触があった。Xという仮称も、彼が自ら名乗ったものではない。また誰も彼の名を口にしなかった。偽名であろうと本名であろうと。仲介したコルスの男も、Xの素性については口を濁した。

携帯端末を通じてXと話した。こちらに依頼したい仕事があるらしい。受ける理由はなかったし、そのつもりもなかったが、ライザはあえて正体不明のXと会うことを承諾した。故郷を捨て、組織を捨てて逃亡しながら、死の罠を待ち望む自分の心理を、Xは熟知しているように感じたからだ。

IRFに追われるテロリストと関わるのは、手負いの豹を刺激するのと同義である。そんなことは百も承知で、Xは何を狙っているのだろう。考えられるのはまず何かの罠だ。だがその可能性も、生への関心を喪失したライザにとっては無意味に等しかった。

何度かのやり取りの後、落ち合う場所はサン・リベルラに決まった。そのときライザはスリア州の州都マラカイボに潜伏中で、Xも仕事でベネズエラに足を運ぶ予定であるとのことだった。

罠を予期して赴いた雨季のサン・リベルラだが、待ち受けていた男達の銃口は、果たしてXの罠であったか、それとも――

携帯が鳴った。すかさず取り上げ、応答する。

〈今朝サン・クリストバルの組織のボスでフォンシエ・バルケロという男が殺された。ドン・バルケロというのはそいつのことだろう〉

淡々としたXの声。

サン・クリストバルはメリダ山脈の西方に位置する都市だ。やはりコロンビアとの国境地帯である。

〈殺したのはFBLの女兵士だ。妹と一緒に逃げているらしい。地元では大騒ぎだ。ボスを殺された組織は全力で二人の行方を追っている〉

FBL（ボリバル解放戦線）はベネズエラの過激派組織だ。麻薬、誘拐、殺人など多くの凶悪犯罪に関与している。

〈情報はかなり混乱している。君はたぶんその女兵士と間違えられたんだ〉

混乱。そうかもしれない。四人の男はあの時点で自分達の捜す女の特徴を伝えられていなかった。またベネズエラでは、混血が進みすぎて、外見だけで人種を特定できなくなっているのも確かである。

「それだけか」

〈ああ〉

「もっと調べろ」

〈我々の状況には関係ない〉

「信用できない」

Xは笑ったようだった。

〈また連絡する。予定に変更はない〉

通話は再び切れた。その夜はもう携帯は鳴らなかった。


——いつも思ってる。姉さんは私の誇り。

——きっと姉さんは特別な人なんだわ。

——お昼にはロンドンに着きます。あと少しで姉さんに会えるかと思うと楽しみでなりません。

最後に見たミリー。ウェスタン・アイ病院の遺体安置所。変わり果てた姿で横たわっていた。

遠い音に目を覚ます。港を出る船の汽笛だ。この街のどこにいても聞こえてくる。

いつもと同じ最悪の目覚め。着替えもせずに眠っていた。反射的に枕の下に手を伸ばす。銃はない。昨日ペピトに奪われた。軍用ベストの若い男。携帯はサイドテーブルの上にある。手にとって確認する。着信の表示はない。

立ち上がって浴室に向かう。顔を洗おうと洗面台の蛇口を捻ると、赤錆びた水が断末魔のように数条流れて止まってしまった。

洗顔を諦め、昨夜買っておいたミネラルウォーターのボトルを開栓して半分ほど飲む。朝食を取る気にはなれなかった。

宿を出て街を歩いてみることにした。初めての場所で活動する際には、できるだけその地の状況を調べるのがライザの身に染みついた習性だった。IRFを抜けた今でもその習性は変わらない。いや、意識的に変えていなかった。もし自分で分かっていながら調査を怠って、襲撃者に後れを取ったなら、それは消極的な自殺だ。自分には自死は許されない。許されてはならない。絶対に。

サン・リベルラ。掃き溜めのような南米の港町。舗装のされていないぬかるんだ通りの両側に、食料品や日用雑貨の露店がちらほらと並んでいる。インディオ、メスティーソ、アフリカ系、アジア系、それに白人と、店番の外見はさまざまで、唯一共通しているのは諦念を突き抜けたような陽気さと不機嫌さの入り混じる表情だ。

ベネズエラでは現在も移民の流入が続いている。コロンビアからの難民も多い。ことにサン・リベルラのような街には、食い詰めた労働者や他国から流れてきた凶悪犯があふれている。南米の混沌を象徴するかのような人種と混血の見本市だ。

昨日の男達はボスを殺した女兵士に関する細かい情報を知らなかった。肌の色さえも。ただそれらしい女を捜していたのだ。明らかによそ者で、しかもある程度の戦闘訓練を受けたと思われる女を。そのため自分も疑われた。事実、まさに自分は逃亡中の兵士であるのだが。

港に続く中央通りはさすがに舗装されている。戦闘があったのか、半壊したビルの前に軍用ジープと装甲車が停まっていた。重機関銃を装備した機甲兵装も一機。ロシア製の第一種機甲兵装『ドモヴォイ』だ。ジープの前で煙草を吸いながら立ち話をしていた兵士達が、通り過ぎるライザに横目で嫌な視線をくれる。

最強の個人用兵器でもある機甲兵装は、南米中に拡散している。もともと市街戦や局地戦を想定して発達した近接戦闘兵器であるから、見通しの利《き》く平坦な場所等での運用には向かないのだが、個人で運用できるため、ゲリラやテロリストには欠かせない装備となってしまった。その意味において、南米の政治風土は機甲兵装を貪欲に吸収した。

南米には世界中から——特にロシアから——武器が流れ込んでいる。代わりに出ていくのが麻薬だ。FARC（コロンビア革命軍）をはじめとする武装組織は、みな一様に麻薬を資金源としている。地域の住民もまたその経済システムに根底から依存するようになっていた。恐ろしい貧困の中、麻薬によって生活を維持しながら、その利権を巡って殺し合いに明け暮れる。そして国全体がさらなる貧困に落ち込んでいく。地獄を思わせる悪循環だ。

ＦＡＲＣやＦＢＬのような組織には女性兵士も数多い。農家の女性が、鋤《すき》や鍬《くわ》の代わりに銃を取る。社会主義を標榜しながら、麻薬を売って金を得る。機甲兵装の普及はその流れを確実に加速させた。力のない女や子供でも、機甲兵装を使用すれば大の男を何人も殺せる。大量殺人が可能となる。それは兵力の爆発的な増大に等しい。対抗勢力もまた必然的に機甲兵装の導入を余儀なくされる。もう後には戻れない。国中の誰もがすでにして無垢ではない。機甲兵装というただの兵器が、世界をじりじりと奈落に追い込んでいる。核兵器による瞬時の終わりと、個人用兵器による緩慢な終わりと、果たしてどちらが幸いなのか。

突如空気が重く震えた。汽笛の音。靄《もや》の立ちこめるサン・リベルラの港では、ひっきりなしに汽笛が聞こえる。それは街全体の弔鐘《ちょうしょう》であるかのように、痛ましく、そして狂おしく胸をかき乱す。

通りに並んだ低層の建物が尽き、海と、出航する船とが見えた。貨物船だった。

サン・リベルラは主に漁港として機能しているが、貨物船も出入りする。中には貨物だけでなく、飛行機よりも安い料金で旅客を乗せる船もあるという。ジャマイカ経由でマイアミに往く貨物船がそうだと以前に聞いた。暴力の坩堝《るつぼ》のようなサン・リベルラから、アメリカという彼岸《ひがん》に渡る船。まるで監獄からの赦免船だ。

ライザはアメリカが決して楽土などではないと知っている。だがそれでもサン・リベルラという此岸《しがん》よりましであるのは間違いない。

正面に建つ港湾施設の古ぼけたビルには入らず、堤防に沿って歩いてみる。土地に高低差があって、進むに従い、港を見下ろせるほどになった。突堤。栈橋。コンテナヤード。雨季特有の暗鬱な雲の下の眺めは爽快と言うにはほど遠く、灰色に濁って曖昧に消失する水平線も、この地の孤絶を決定づけているかのようだった。

風が強まり、周囲の木々を揺るがせ始めた。雨季の南米では午後には必ずスコールがやってくる。ライザは一旦宿へ戻ろうと海岸を離れた。背後の森を抜ければ宿のある区画への近道となるはずだ。

密生した木々の合間の小径を進むと、すぐに目の前が開けた。熱帯性植物に代わって林立する十字架。墓地だ。

草を踏み、泥を踏み、ライザは歩む。虚ろにして無。常なるもの無しと。

十字架と墓標の向こうから、大勢の啜り泣きが聞こえてきた。葬式の行列だった。

長い列を作った人々が粛々と進む。浅黒い肌。インディオだ。カリブ人か、アラワク人か。中には肌の白い者もいる。世代を重ねたメスティーソだろう。裾の長い民族衣装を着た老人もいれば、原色のシャツを着た若者もいる。皆ひどく打ちひしがれていた。

運ばれている棺は一つではなかった。全部で三つ。一番後ろの棺は二回りも小さい。子供の棺だ。

この光景はかつて見た。ライザは凍りついたように足を止める。

思い出す。思い出したくないものを否応もなく思い出す。ベルファスト、第二の『血の日曜日』。ダフナー家の葬儀。十一歳のアンジー。八歳のボビー。六歳のベッツィ。自分は誰よりもよく知っている。名もない子供の葬儀は、王の葬儀よりも深い悲しみに満ちたものであるということを。

子供の棺に寄り添って足を運んでいた老婆が、こらえかねたように身を投げ出して泣き崩れた。

ならず者ども――地獄へ落ちるがいい――地獄でコカの種をまくがいいさ――

喚きながら泥に伏す老婆を、周囲の者達が抱き起こす。

みんなただの山賊さ――

呪詛を吐き続ける老婆に肩を貸した男が、横に立っているライザをちらりと見た。傍観者への反発と諦念の入り混じった視線。

葬儀の列は再び動き出した。のろのろと、一層重い足取りで、墓地の奥へと消えていく。

列が見えなくなっても、ライザは泥の中に立ち尽くした。

あの老婆のおそらくは親族に、一体何があったのか。どうして子供を含む三人が死んだのか。通りすがりのライザには知る由もない。だが察しはつく。麻薬を巡るいざこざ。あるいはそのとばっちり。南米ではごくありふれた日々の悲劇だ。

フィールドジャケットのポケットで携帯が鳴った。

〈ドン・バルケロはサン・クリストバル周辺のコカ栽培農家を束ねていた。FARCもFBLも当然先を争ってすり寄ってくる。そんな連中をバルケロは手下同然に使っていたそうだ〉

Xだった。

〈バルケロは農民の夫婦を殺し、その娘を慰みものにした。それが女兵士の両親と妹だった。故郷に帰還してそのことを知った女兵士は、たった一人でバルケロを殺し、妹を連れて逃げた……とまあ、そういうことらしい〉

墓場の中に立ったまま、携帯からの声を無言で聞く。

〈女は殺しの現場で左足を撃たれた。バルケロの組織はパラミリタリーに命じて国境地帯の港や街道沿いの街に人を走らせている。君に目をつけたという四人はそれだろう〉

密告でもあったのだろうと考えた。レストランに不審な流れ者の女がいると。それでギオマルら四人のグループが駆けつけてきた。いずれにせよXにも自分にも関係ない。

しかし、とライザは自問する。

本当か――自分は本当にそう思っているのか――

答えは一つだ。関係ない。

〈納得がいったかな〉

Xは落ち着いた声でそう言ってから、おもむろに本題を告げた。

〈ところでこちらの仕事はようやく片づいた。四時間後にそっちに着く。船着場にレストランがあるはずだ。そこで会おう〉


宿に戻らず墓場の道を港へと引き返した。時間はだいぶあるが、食事でもして待てばいい。宿に戻っていると、途中でスコールに遭遇するおそれもあった。

指定されたレストランは、ターミナル施設の一階にあった。主に船員が利用するセルフサービスの店だった。コンクリートの床は下水道のように濡れていて、居心地のいい場所であるとは言い難い。それでも海に面して並んだ窓は広々として見通しがよかった。停泊する何艘もの船舶。立ち働く漁師や港湾作業員。あちこちに積み上げられたコンテナやドラム缶。そんな港の様子が見渡せた。

店内は殺風景の一言で、装飾の類いはほとんどなく、目立つ場所にはメニューの他、その日の就航予定や天気予報を記すボードが掲げられているだけだった。

魚をメインとする料理の盛られたワゴンに向かおうとしたライザは、視界の片隅で不意に何かが光ったような気がして足を止めた。

窓の外に目を凝らす。倉庫の側、身を潜めるようにして立っている小さな人影がある。Tシャツに軍用ベストの若い男。ペピトだ。腰のあたりに再び銀の光。ライザから奪ったM629Vコンプを得意げに尻に差している。

港にのしかかる厚い雲が上空の風で急激に動く。そのわずかな合間から、弱々しい陽光が途切れ途切れに覗いていた。ほんの束の間の光を受けて、M629のステンレスフレームが小さくきらめく。

ペピトは倉庫の陰からじっと何かを見つめているようだった。その視線の先には、接岸した貨物船のタラップがあった。それぞれの荷物を手に列を作った人々が、乗船開始のときを待っている。ペピトはその客の列を見張っているのだ。

船体に記された船名は『サルバシオン』。ライザは店内の就航表を振り返った。

［四号バース／サルバシオン／ジャマイカ、キングストン経由／アメリカ、マイアミ］

目を凝らして列を見る。大半は出稼ぎらしい男達。格安料金に惹かれたらしいバックパッカーの白人男女も混じっている。やがてタラップの昇降口に黒人の船員が現われ、先頭の客のチケットを検《あらた》めた。列が動く。改札を済ませた客がタラップを上り始める。

それを見計らっていたように、原色のブラウスを着た二人の女が小走りにやってきて列の最後尾につくのが目に入った。二人とも褐色の肌に黒い髪。一目で姉妹と分かる顔立ちに、隠し切れない緊張の色。姉らしい背の高い方の女は、背筋の伸びや目の配りに軍事訓練の経験を窺わせる。身のこなしも同様だが、左足をわずかに引きずっている。もう一人はまだあどけない少女だった。

間違いない——だが自分には関係ない——

ペピトも身を乗り出して二人を凝視している。舌なめずりするかのようなその表情。

一瞬で決意した。

ライザは食器の並べられたワゴンに近づき、さりげなくナイフをつかんで袖口に隠した。そのまま部屋の端にあるドアから港側に出る。ごく自然に見える足取り。しかし気配を殺してペピトの潜む倉庫に接近する。

レストランの方から見られないように、海に面した側から倉庫の壁に沿って回り込む。興奮にうわずるペピトの声が聞こえてきた。

「見つけたぞ。二人ともいる。四号バースだ。奴らアメリカに逃げる気だぜ」

軍用ベストの背中が見えた。ペピトは二人の女を見つめながら携帯に向かって話している。

「今どこだギオマル……そうか、そこからならコンテナヤードを抜けてくればすぐだ……

ああ、分かってるよ、心配するな。手は出さない。ちゃんと見張ってるからすぐに来い」

仲間の三人に連絡しているのだ。こちらに気づいた様子はない。ライザはゆっくりと接近する。

「上の連中には教えるなよ。俺達の獲物だ……そうだ、俺達だけの手柄にするんだよ。俺が見つけたんだ。いいから早く来い」

勢い込むように言ってペピトが携帯を切った。その背中に声をかける。

「ペピト」

驚いて振り返った相手の胸に、下からナイフを突き上げる。細い刃で胸骨下部から心臓を縦に貫く。まじまじとライザを見つめたまま、ペピトは声も上げずに即死した。

胸骨の下を突くと横隔膜が麻痺するため声は出ない。〈猟師〉の手口だ。かつての同志がよく使っていたその手口を、ライザは身近で学んでいた。

左手で死体の肩を支え、右手につかんだナイフを放す。代わりに相手の腰から自分の銃を抜き取る。

ナイフの柄に付いた自分の指紋をハンカチで拭いながら、ペピトの肩越しにレストランやサルバシオン号の方を見る。気づいた者は誰もいない。逃亡者の姉妹は、顔を隠すように俯《うつむ》いて足早に貨物船のタラップを上っている。

ナイフの刺さったままになっているペピトの死体を壁にもたせ掛ける。死体はずるずると崩れ落ち、一見すると膝を抱えてうずくまっているような恰好になった。ライザはすぐにその場を後にする。

注意を惹かない程度に足を速め、コンテナヤードの方に向かう。

部分的には整然と、しかし全体的には乱雑に積み上げられたコンテナの山。海と密林とに挟まれた狭い港は、コンテナを野積みの形で保管するコンテナヤードに大きく場所を取られていた。見通しの利かないコンテナの山に分け入ったライザは、取り戻したM６２９の装弾を確認する。

息を整え、コンテナの合間を吹き抜ける風の唸りに耳を澄ます。

甲高い風の音に混じって、こちらへ駆けてくる足音がすぐに聞こえてきた。確かに三人分の足音だ。

積み上げられたコンテナの合間を縫うように足音の方へと移動していく。

集中する。さらに感覚を研ぎ澄ます。足を止める。接近する足音が急速に高まる。コンテナとコンテナの狭い隙間に身を隠し、M６２９を構えて待つ。

足音はもうそこまで迫っている。あと十数秒で三つの足音の主は隠れているライザの前を通り過ぎるだろう。しかしライザは動かない。銃声が誰かの耳に届く可能性がある。港を捜索しているパラミリタリーが、ギオマルのグループだけとは限らない。

だがあの姉妹により多くの運があるなら――

汽笛が鳴った。暗く澱んだ港の空気を揺さぶるように。同時にライザは動いていた。眼前に飛び出してきたこちらの姿に、走っていたギオマルと二人の部下の目が、一瞬驚愕に見開かれる。ライザは至近距離でM629を連射した。44マグナムの砲声と、地上の罪をすべて包んで押し隠すような汽笛の高鳴り。

汽笛が止んだときには、ライザはすでにコンテナの谷間に消えている。

コンテナの間をジグザグに抜けて海側に出た。湿った風が頬を撫でる。立ち止まって海を見る。出航するサルバシオン号が目に入った。

彼岸への脱出か。楽な旅ではなかろうが、自分にしてやれることはもう何もない。自分とおまえ達との間には、もともとなんの縁もないのだ──

ライザは不意に自分があの姉妹の名前さえ知らないことに思い至った。

縁などないのだ。改めて思う。自分はこの世でもう誰とも縁はない。気まぐれから見知らぬ二人を救ったなどと考えることさえ思い上がりで、自分は生きて此岸に取り残されただけの亡者だ。

分かっていた。自分がどこで何を為そうと、この身だけは救われない。また自分が求めているのは救いではない。最高の罰だ。

汽笛を残して白々とした靄の彼方に消えるサルバシオン号の船影を、ライザは一人埠頭で見送った。

その日スコールは来なかった。

市街を歩いて時間を潰したライザは、約束の時刻の少し前に港湾施設のレストランに入った。犯行現場に舞い戻るといった感覚はない。その行為が自然であるか不自然であるか、ライザにはどうでもいいことだった。

窓際の席に座って港を眺める。倉庫の方に変化はない。ペピトの死体はまだ昼寝でもしているように思われているのだろう。

そのうち、コンテナヤードの方から血相を変えた港湾作業員が走って来るのが見えた。大声で何か叫んでいる。それに応じて何人かが駆け寄る。たちまち騒ぎが広がった。

ライザのいるレストランからも、次々と人が立ち上がって外へ出ていく。厨房からもコックの一人が前掛けを外しながら出ていった。窓から身を乗り出してコンテナヤードの方を見ている者もいる。

「お待たせして申しわけない、ミス・マクブレイド」

東海岸風の英語。その声に振り返った。

立っていたのは白人ではなかった。長身のアジア人だった。思ってもいなかった。サン

・リベルラにはまるで不似合いなスーツに洒落たデザインの眼鏡。
「コンテナヤードの方で死体が見つかったらしいね」

ライザの向かいに腰を下ろしながら、Xが言った。

「今そこで作業員に聞いたんだが、死体の頭はどれも半分方なくなってたそうだ。大口径の弾を食らったんだろうね。いや、着いた早々、こんな騒ぎで驚いたよ」

ライザは無言で目の前の男を見つめる。

「被害者はみんな銃を手にしていたらしい。大方はパラミリタリーかギャングだろう。コカインの取引でもやってたんじゃないかと作業員達が噂していた。こんなことはしょっちゅうだそうだ」

そこで壁の就航表に目をやったXは、何か得心したように呟《つぶや》いた。

「……そうか、ここからマイアミ行きの船が出ているのか」

「それがどうかしたか」

「どうもしないよ」

「…………」

「いろいろ想像はできるがね。どっちにしても我々には関係のないことだ」

意味ありげに答えてから、Xは改めてライザを見据えた。

「自己紹介が遅れて申しわけない。私は日本外務省の沖津という」

国家機関の人間がこんな形でテロリストに接触してくるのはない話でもなかったが、男はそれにしても官僚とは思えなかった。

「用件は」

単刀直入に訊いた。挨拶は要らない。相手の素性にも興味はない。

沖津と名乗った男は口許に薄い笑みを浮かべた。どこかで見たことのあるような笑みだった。

「日本の警察官になる気はないかね」

からかわれているのかと一瞬思った。さもなければこの男は頭がどうかしている。しかしＩＲＦの元処刑人をわざわざ南米までからかいにくる人間はいないだろうし、また男の物腰は狂人のそれとも思えなかった。

ライザの心中を見透かしたように、沖津はテーブルの上に一通の書面を出してきた。契約書のようだった。

文面に目を走らせたライザは、そこに記されていた項目の数々にたちまち惹きつけられた。

普通の人間には到底受け入れることなどできないはずの、常軌を逸した文言の数々。中でも、「龍機兵が行動不能等の状況に陥り、第三者に略取される可能性が生じた場合」について記された特別条項。

なるほど、ご指名で話を持ってくるはずだ——世界中の裏社会を捜しても、自分ほどこの契約に適した人間はいないだろう。

そのときライザは、沖津の笑みに既視感を抱いた理由について思い当たった。

〈詩人〉の笑みだ——

あの男。IRFの大立者。悪魔よりも狡猾《こうかつ》で、韜晦《とうかい》に満ちていて、抗い難い魅力で以て他者を地獄へと誘う。

契約書の文面にもう一度目を通す。文言の一つ一つが、自分を誘惑しているようにさえ思えた。

想像したこともなかった。こんな〈罰〉があったとは。およそ考え得る最高の名目。自らに死という名の解放を与えるための。

この申し出を拒否する理由が自分にはあるか——ない。

書類から顔を上げたライザは、ただ無言で沖津を見た。

その反応は、あらかじめ沖津の期するものであったらしい。同じく無言で彼は頷き、スーツの内ポケットから自分のペンを抜き出すと、ライザに向かって差し出した。

雪娘

ゆきむすめ【雪娘】スネグーラチカ Снегурочка（露）ロシアの民間伝承に云う、雪から生まれた少女の精霊。西欧におけるサンタクロースに相当するジェド・マローシュの娘、あるいは孫娘とされる。

1

雪が降り積もる朝だった。墨田区東隅田の現場に向かったユーリ・ミハイロヴィッチ・オズノフ警部は、中央環状線の道路上から見える荒川河川敷の白く静まり返った風景に、遠い故郷を思い出した。

雪の下にはいろんなものが隠されている。記憶の底に吹き溜まる醜悪な事共まで思い出し、朝から憂鬱《ゆううつ》な気分になった。

雪は九時を過ぎても降り止まず、灰色の空にまだちらほらと舞っていた。

インプレッサを現場近くのパーキングに駐める。現場は古い皮革加工場や鉄工場のひしめく一角にあった。この地域で働く外国人労働者が入居しているのであろう、木造モルタルのアパートも散見される。すべてが時代に取り残されたような街並だった。

現場を封鎖する向島署員に挨拶して敷地内に入る。署員は挨拶を返さなかった。いつもの反応である。シマ内《うち》の事案に介入する特捜部を所轄が快く思うはずもない。

操業しているとは思えない、廃墟のような建物だった。元は自動車工場であったという。内部には機甲兵装の改造に必要な工作機械や部品の残骸、それにコード類などが山を成すように乱雑に転がっていた。赤錆びたシャベルや台車もあちこちに見受けられる。

コンクリートの壁際に、被害者が仰向けに倒れている。その腹部に突き立っているのは一メートルほどの鉄棒だった。直径三センチほどの太さがある。血はほとんど出ていない。おそらくは即死と思われた。

被害者の顔は知っている。工場の所有者でロシア人のアレクセイ・イワノヴィッチ・ゴルプコフ。特捜部が内偵中の事案に関係していた武器密売商である。技術者崩れで、この男の扱う機甲兵装は独自の改造が売りだった。

「腹から背中まで一撃で串刺しにされています。犯人《ホシ》はよっぽど力《リキ》のある大男でしょう」

先着していた夏川大悟警部補が入ってきたユーリに言う。

「通報があったのは午前七時四十分。部品の納入に来た業者が発見しました。いつもは工場の外で荷を下ろすそうですが、今日に限っていくら声をかけてもゴルプコフが出てこないため、開いていたドアから中に入って死体を発見したと供述しています。またそのとき、雪の上に足跡があったかどうかまでは覚えてないそうです」

今も降り続く雪は、すべての痕跡を白く覆い隠している。

「死亡推定時刻は午前四時前後。近所は廃屋だらけで、目撃者どころか不審な物音がしたという情報すらもありません」

夏川の話を聞きながら、ユーリは工場の内部に視線を巡らせる。外からの見た目よりは広かった。発見者が入ったという正面のドアの他に、木製のドアが奥にもう一つ。出入口はその二か所だけだった。

刑事特有の目つきで現場を確認しているユーリを、捜査主任の夏川はどこか冷ややかな態度で眺めている。同じ特捜部ではあっても、ユーリは捜査員ではない。彼は特捜部の擁《よう》する未分類特殊兵装『龍機兵』搭乗員として雇用された突入要員である。

「こんな荒っぽい手口、きっとロシアン・マフィアでしょう。取引のごたごたか何かで見せしめにしたのかもしれません。本職も前に見たことがあります。捜一《そういち》（捜査一課）や鑑識のベテランがゲーゲー吐くような凄まじい現場でした。連中はやることが違いますね」

ありそうな話だと思ったが、口に出して肯定はしなかった。モスクワ民警時代から慎重な質《たち》である。

捜査員ではないユーリが現場に呼ばれたのは、ロシアの犯罪組織に関する知識を買われたからではない。

「こっちです」

夏川が先に立って奥のドアを開ける。工場に隣接する恰好で黒ずんだ家屋が建っていた。

工場と同様、相当の築年数が経過していると思われる。

「この家の二階にゴルフコフと娘のアーニャが居住していました。娘はどうやら眠っていて何も気づかなかったようですが、詳しい供述はまだ……」

雪の中、二人は家の外壁に沿って玄関の方へと回る。封鎖された路地に数台のパトカーと救急車が停まっていた。

一台のパトカーの後部座席に、無表情で座っている少女が見えた。

「父親の死体は見せていません……お願いします」

ユーリが呼ばれたのは、日本語を話せないアーニャの聴取のためだった。

彼はパトカーのドアを開け、ロシア語で言った。

「そこ、座ってもいいかな」

十歳の小さな顎が微かに頷くのを確認してから、横に乗り込んでドアを閉める。

向島署員が到着したとき、彼女はまだ二階で寝ていたという。

淡い金髪。儚《はかな》く脆《もろ》そうな細い手足。白いダウンジャケットとコーデュロイパンツは、どちらも安物で汚れていた。父親の死については聞かされているはずだが、繊細な横顔には悲痛も動揺もなく、まだ起き抜けのまどろみの中にいるかのようだった。

「どこにでも降《ふ》るのね」

どう切り出そうか一瞬考え込んだとき、唐突に少女が言った。

「雪はどこにでも降るのね。この国にも、やっぱり」

透明な声だった。雪の結晶が触れ合うような。

そしてアーニャは、パトカーの車窓から雪の空を見上げた。なんの感情も浮かべぬ青い瞳で。

スネグーラチカ――

目眩《めまい》にも似たぼんやりとした感覚を抱く。既視感という奴だろうか。

遠い日に捨ててきた記憶を探る。あまりに遠い、モスクワ民警時代のある朝のことを、今は明瞭に思い出していた。

2

モスクワの中心部で大規模な同時多発テロがあった。雪の未明に複数の地点で爆発が起こり、政府は午前七時に戒厳令を敷いた。同時にすべての警察官に出動命令が下された。北カフカスの武装勢力による犯行だった。

老人が殺されているとカニコーヴァの第四十五民警分署に通報が入ったのは、その日の午前七時二十分、本来は非番のユーリが同署に駆けつけた直後であった。テロの対応に追われていた上官の係長は、舌打ちしてユーリとキーシンに現場へ向かうよう指示した。

現場は古い集合住宅だった。エレベーターのない六階建て。旧体制下では中流階層のための住宅だったが、今では老朽化し、設備の点検も行なわれていないようだった。

被害者はヴィクトル・ムスティスラヴォヴィッチ・チュルキン。五階の一室に住んでいた。通報者は一階に住む管理人の婦人。毎朝七時、全住民に日刊紙コメルサントを届ける習慣であったという。

「中にはよけいなお世話だなんていう人もいますけどね、そういう人には最初から入居をお断りしてるんですよ。新聞を読むのは民主的な人民の義務ですからね。パソコンで読むのは駄目。あんなので読んでも精神は深まりません」

針金のように痩せたこの婦人は結構な変人らしい。今朝も各戸に新聞を配っていた彼女は、チュルキンの部屋のドアがわずかに開いていることに気づき、不審に思って中に入ったところ死体を発見した。

一階の管理人室では、テロを報じるテレビが点《つ》けっ放しになっていた。

「何もこんな日に殺さなくったってねえ」

婦人は騒然とした市内の様子を伝えるニュース画面を横目にそうこぼした。

それはこっちの台詞だよ――ユーリを振り返ったキーシンの目は、明らかにそう告げていた。同時多発テロの死傷者はその時点で三百人以上と報道されている。時間が経てば数字はもっと増えるだろう。未曾有の大惨事に治安当局は麻痺寸前の体《てい》だった。よりにもよってこんな日に——

婦人の案内で五階に上がる。年配で糖尿の出ているキーシンはそれだけで息を切らせていた。

チュルキンは元軍人で六十一歳。管理人の言によると〈本物の変人〉。二年前に越してきたという。

五階には三つのドアが並んでいた。チュルキンの部屋は真ん中で、鑑識がすでに入っている。手前の部屋は空室、奥の部屋は耳の遠い老婆の独り住まいとのことである。ドアが開いていたという状況から、外部からの侵入者による犯行と推測された。

仰向けに倒れた死体の腹には、大きな軍用ナイフが刺さったままになっていた。

死体の周辺——室内の至る所に、古い軍用品や装備が転がっている。拳銃の部品や空薬莢も。まるで古物商の倉庫のようだった。

管理人によると、特に荒らされたというわけではなく、その部屋は普段からそんな状態であったらしい。いずれもガラクタ同然の品である。確かに変人だ。凶器のナイフも、もともと室内にあったものかもしれない。

ユーリは屈《かが》み込んで死体を調べた。死亡時刻はおそらく数時間前。今朝の四時か五時頃か。詳しいことは検視報告を待つしかない。被害者はかなりの長身だった。ナイフは刃の根元近くまで深々と刺さっている。他に目立った外傷はなく、一撃でやられているところを見ると、犯人は屈強な男か。争った形跡はないようだが、室内がとにかく乱雑に散らかっているため、よく調べてみないとなんとも言えない。

死体のある居間に続く部屋は浴室と寝室、そして、奥にドアがもう一つ。

「あっちの部屋は」

ユーリの質問に、管理人が答えた。

「イリーナの部屋ですよ」

「イリーナ？」

「ヴィクトルの孫ですよ。お祖父さんが殺されたってのに、ぐっすり寝てて何も気づかなかったって。どうかしてるよ。ちょっと鈍いんじゃないかしら」

ユーリとキーシンは顔を見合わせた。

キーシンが呆れたように、

「あんたねえ、家族がいるんなら先に言って下さいよ」

「そんなこと言われたって。私、ちゃんと言いませんでしたっけ」

婦人は皺《しわ》だらけの口を尖らせた。

「他にもいるんじゃないだろうね」

「いませんよ。ヴィクトルは孫のイリーナと二人暮らしで」

ユーリは無言で先に立ち、奥のドアを開けた。

小さなベッドの横に、もっと小さな女の子が背を向けて立っていた。窓から外の雪を眺めている。

「イリーナ」

ユーリの呼びかけに彼女は振り返らなかった。

放心したように雪に見入る彼女の顔が、室内の照明を反射する白いガラスに映っていた。小さな頭に白銀の髪。スウェットの上下に擦り切れたガウンを羽織っている。

三度呼びかけられ、ようやく振り返ったイリーナは、まどろむような顔でユーリを見た。

『スネグーラチカ』——雪から作られ、愛を知らず、夏の日差しに溶けるさだめの雪娘。

子供の頃に聞かされた古い民話が、幻想のあわいから突如具現化したようだった。

聴取を始めようとしたとき、後ろからキーシンが声をかけてきた。通話中の携帯電話を手にしている。

「係長からだ。ここの状況を報告したら、おまえを引き揚げさせろってさ」

携帯を受け取って直接話す。

テロの対応が追いつかないため上層部がもっと人を出せと言ってきたと、係長は神経質な早口で語った。そして流しの強盗殺人などキーシンに任せ、テロ現場の応援に当たるよう命令して、一方的に通話を切った。どうやら体力のある若い警察官を現場整理に総動員するつもりらしい。

否も応もなかった。

中央での昇進を狙う係長は、日頃から上官の考課表をよくしてもらうための裏金作りに余念がない。ロシアの警察内での出世にはそれが不可欠である。また金だけでなく、忠誠の意志を真っ先に示すことも極めて重要とされている。係長が上層部の要望に恥も外聞もなく応えようとするのは当然と言えた。実際問題として治安当局は今まさにその根幹を揺るがされるような事態に直面しているのだ。

ユーリはため息をついて部屋を出た。ドアのところで振り返ると、また窓から雪を見上げているイリーナの背中だけが見えた。


モスクワ同時多発テロは国際的な話題となり、政局にも大きな影響を与えた。ユーリも連日動員され、自宅にも帰れぬほどの激務に忙殺された。チュルキン殺しは年配のキーシンに任せるよりなかった。

名もない元軍人殺しがずっと気になっていたわけではない。事実、日々山積みになっていくばかりの雑多な仕事に、ユーリは他の事件を顧みる余裕など失っていた。それでも後日キーシンの報告書を確認したのは、ひとえに刑事として中途半端に関わってしまった居心地の悪さからであった。

死亡推定時刻、午前五時前後。凶器は死体に残されたナイフ、ただし何度も刺したような痕跡あり。同ナイフは被害者が室内に放置していた軍装品の一つと確認された。強盗目的で共同住宅に侵入した加害者は、鍵の掛かっていなかった部屋に入ったところを被害者に発見され、咄嗟に室内にあったナイフで相手を刺して逃げた。隣室で被害者の孫娘が寝ていたが、九歳という年齢もあり、犯行に気づかなかった――

通り一遍、いやそれ以下としか言いようのない捜査で、検視もどこまで厳密に行なわれたか知れたものではない。

これはないと思った。いくらなんでも杜撰すぎる。モスクワ民警の実情を割り引いてもあり得ない。こんな報告書を上がチェックもせずに流しているという事実が信じ難かった。だがあの朝モスクワを襲った混乱を思えば、一概にキーシンを、また上層部を責められなかった。

ユーリは折を見てキーシンに尋ねた。

「チュルキン殺し、その後どうなりました?」

「え、なんだって?」

デスクで報告書を書きながら、キーシンは顔も上げずに聞き返してきた。

「元軍人の強盗殺人ですよ。同時多発テロの日の」

「ああ、あれか」

ようやく思い出したようだった。他の刑事と同じく、彼も山のように類似の強盗事件を抱えている。すぐに思い出せないのも無理はなかった。

「捜査中だ。常習者の粗暴犯を中心に当たっているが、今のところ特にそれらしいのは引っ掛かってない」

「あれは本当に強盗だったのでしょうか」

キーシンは向かいのデスクのユーリをちらりと睨《にら》み、再び書類作成中のPCに視線を落とした。

迂闊《うかつ》だった。他の刑事の方針を批判するような言い方は避けるのがモスクワ民警の不文律だ。

怒鳴りつけられるかと思ったが、キーシンは何も言わなかった。退職間近の彼は平穏を第一として何事も淡々と受け流すのが常であった。

「あの孫娘はどうなりました？　誰かに引き取られたんでしょうか」

少し間を置いてから再び訊いた。

キーシンは顔を上げてまっすぐにユーリを見た。今度こそ怒鳴られるかと思ったが、そうではなかった。

「ブヌコボの児童養護施設に収容されたよ」

声をひそめて彼は言った。

「あの娘、爺さんに虐待されてたんだ」

「虐待？」

キーシンはおぞましそうに頷いて、

「聞き込みで分かった。隣の部屋の婆さんは耳が遠くてまるで知らなかった。管理人が気づいててもよさそうなもんだが、あの女じゃな」

「虐待とは、どういう……」

「殺された爺さん、どうやら相当いかれてたらしい。孫を慰みものの玩具《おもちゃ》にしてたんだ。もっとも、本当に血がつながってたかどうか知れたもんじゃないがな。そう珍しくもない話だよ。爺さんを殺した強盗は、知らずに社会に貢献したってわけだ。変態の屑野郎を掃除してくれたんだからな。表彰してやりたいくらいだ。ブヌコボがどんな所かは知らないが、あの娘にとっちゃ、爺さんと暮らすよりはそれこそずっとましだろう」

キーシンの話を聞きながら、ユーリは再びスネグーラチカの民話を思い出していた。そしてまた雪を見上げるイリーナの透き通った瞳を。去り際に見た小さな背中を。

3

新木場、警視庁特捜部庁舎内会議室。夏川主任の報告に室内がざわめいた。

「オズノフ警部のアドバイスに従い、マル害《ガイ》（被害者）アレクセイ・ゴルプコフの娘アーニャとの接見を専門のケースワーカーに依頼しました。その結果、長期にわたって性的虐待を受けていた可能性が極めて高いとの所見を得ました」

ユーリは黙って夏川主任の話を聞いている。

「ゴルプコフは九か月前にロシアに帰郷し、その際に娘を日本に連れ帰ったと知人に吹聴していました。しかし入管にはアーニャに関する記録はまったくありませんでした。入国の痕跡すらないのです。ロシア当局にも照会しましたが該当者なし。またＤＮＡ鑑定の結果、ゴルプコフとアーニャとの間には血縁関係がないことが判明しています。つまり、アーニャの本当の身許は不明。本人の供述は曖昧で、心因性の記憶障害とも診断されており、ゴルプコフとは一体どういう関係なのか、現在もはっきりとしたことは分からないままです」

確証がないため夏川は明言を避けたが、その意味は全員にとって明らかだった。

人身売買。アーニャはロシアのどこか――あるいはロシア以外のどこか――で売られ、日本に連れてこられた。ルートは不明。ゴルプコフが死んだ今、彼女の身許を辿るのは極めて難しい。

深いため息が室内に満ちた。

夏川主任の次に、技術班の柴田技官が立ち上がった。

東隅田の現場に残されていた機械部品や道具、ガラクタの類いは、一つ残らず特捜部によって押収され、技術班がその解析に当たっていた。密輸業者による機甲兵装改造の実態を解明するためである。

「現場に残されていた部品はとても興味深いものが多く、かねて作成中であった非合法的武装強化に関するレポートに大いに役立つ貴重な資料となりました」

例によって柴田の話には技術者らしい前置きがあった。気の短い捜査員の中にはうんざりとしたような表情を浮かべている者もいる。

「その中で、最も興味を惹かれたのがこれです」

正面のディスプレイに長方形の湾曲した鉄板の写真が映し出された。厚みがあるので板と言うより箱に近いだろうか。押収品の一つであるが、ユーリを含む一同にはなんの変哲もない鉄屑に見えた。

現場で他のガラクタにまぎれて転がっていたのだろうが、ユーリもそれをはっきりとは記憶していなかった。

「長さ約七〇センチ、幅約四〇センチ、厚さ約八センチ、重量約七〇キロ。短い方の側面の中央に開いたこの穴に注目して下さい。直径は約三センチ、被害者の胸を貫いていた鉄棒とほぼ同じサイズです。この平たい板の内部には油圧ポンプ、シリンダー、モーター、それに圧力・流量・方向制御装置などが入っています。つまりこれは油圧装置なのです。そして次に表示するのは、ラボで撮影した実験映像です」

ディスプレイの画面が録画映像に変わる。何かの機器に固定された鉄板の映像。数本のコードで電気モーターに接続されている。背景は庁舎地下にある技術班のラボで、白衣を着た柴田技官も映っている。

鉄板側部の穴に先端の尖った鉄棒が挿入される。五メートルほど離れた位置に複合装甲板の標的がセットされる。一般的な機甲兵装の装甲に用いられている素材である。

その実験の意味に気づいた捜査員達が呻き声を漏らした。

映像の中で、柴田技官が装置上部のスイッチを押す。

勢いよく射出された鉄棒が、槍のように標的に突き立った。

「この装置は機甲兵装の腕部に取り付けるものと推測されます。腕のアクチュエーターからバイパスして作動させる仕組みです。腕部装甲に溶接した鉄棒と見せかけ、相手の不意を衝いて発射する。格闘戦用の隠しオプションですね。その試作品ですよ」

それまで興味深そうに映像を眺めていた姿警部が、感想をぽつりと口にした。

「つまりスペツナズ・ナイフみたいなものか」

スペツナズ・ナイフ──

「姿警部」

ユーリは思わず立ち上がっていた。

雛壇の宮近理事官が青筋を立てる。

「おまえまで不規則発言か」

しかし特捜部長の沖津は構わず言った。

「発言を許可する。姿警部への質問もだ」

「ありがとうございます」

上司に礼を述べてから、ユーリは同僚の突入要員である姿に向かい、

「スペツナズ・ナイフについて教えてほしい」

「旧ソ連の特殊任務部隊スペツナズが接近戦で使用していたと言われる装備さ。分かりやすく言えば刃が飛び出す仕掛けナイフだ。ただのナイフと見せかけ、相手を油断させて刃を撃ち出す」

「それくらいは知っている。形は、大きさは？　スペツナズ・ナイフとはどんな形状をしているものなんだ」

夏川らが首を傾げる。ロシア人のユーリならスペツナズ・ナイフの形状について姿よりも詳しく知っていそうに思えたからだ。

だが姿はそうだろうと言わんばかりに頷いて、

「スペツナズ・ナイフってのは確かに有名だが、一種の伝説でね、スペツナズが使ってい

た実物を見た者はいないらしい。俺だって見たことはない。市場に出回ってるのは全部レプリカで、しかも不確かな情報や想像で再現したものだ。本来の形状どころか、特定の形をしてたかどうかさえ定かじゃないってさ」

姿警部の本業は傭兵である。世界中の激戦地を経験している彼の言《げん》は信頼できた。同僚の話を聞きながら、ユーリは自分の中でさまざまなものが雪のように溶けてつながっていくのを感じていた。

その日の午後、ユーリはアーニャの保護されている品川区の特別児童養護施設に向かった。

インプレッサの車内でハンドルを握りながら空を見る。またちらほらと雪が舞い始めた。あの朝――チュルキンの遺体の鑑定がもっと厳密に行なわれていれば。

軍人だったという老人は、元スペツナズかその関係者だったのだ。

虐待されていたイリーナは、モスクワ同時多発テロのあった朝、スペツナズ・ナイフを祖父に向けて発射した。きっと老人の持ち物だ。体の中心で構えれば、少女でも狙いを外さずに発射可能であったに違いない。

イリーナは未明に起こったテロを知り、その混乱で捜査が杜撰になると踏んで実行したのか。それとも老人の虐待に耐えかねて発作的に殺害した後、偶然テロが起こったのか。どちらもあり得る。すべてはユーリの想像でしかない。

殺害後、イリーナは死体から抜いたナイフの刃と柄をどこかに隠し、同じ大きさの別のナイフを傷痕に突き立てる。何度も刺したように見えた痕跡はそれだったのだ。スペッツナズ・ナイフの形状は誰も知らない。老人の部屋に転がるガラクタの中に、本当の凶器の一部がまぎれていたとしても、またそれを未熟な自分が見過ごしたとしてもおかしくはない。

そしてイリーナは中から玄関のドアを開ける。管理人の婦人が毎朝新聞を配りに来ると知っていたから。彼女が死体の発見者となって通報してくれるはずだ。後は自分の寝室に引き上げ、誰かが起こしに来るまでベッドで眠っていればいい。それは悪夢に苛《さいな》まれる辛い眠りであったろうか。それとも夢など見ない深い眠りであったろうか。

スネグーラチカ——

イリーナとアーニャは無論同一人物ではない。しかしユーリの中で、二人の印象は限りなく一つの偶像に近かった。お伽噺の儚い雪の精に。

雪の東京で、アーニャは台車に乗せられていた試作品の発射装置を被害者に向け、スイッチを押す。ゴルプコフは対機甲兵装用の武器である鉄棒を腹に突き立てられて即死する。彼女後はモーターと接続していたコードを抜き、装置ともどもガラクタの中に放置する。彼女はその朝、業者が部品の納入に来ることも知っていた——

犯行に使用されたと思われるコードや台車、それに装置のスイッチからは、アーニャの指紋が検出されている。

施設に到着したユーリは、職員の案内で面会室に赴いた。

ノックをしてからドアを開ける。

少女の小さな背中が見えた。

窓から雪の舞う空を見上げている。

雪は東京の空でもなく、モスクワの空でもなく、もっと別のどこかから降っているようにユーリには思えた。

声をかけると、少女はあどけない顔で振り向いた。雪のように白く無垢な顔で。

沙弥

しゃみ【沙弥】〔仏教〕悪を止め悟りを求める意の梵語《ぼんご》の音訳。出家したばかりの少年僧で、比丘《びく》となる以前を指す。

母の通夜にも葬儀にも出席者はほとんどいなかった。火葬場で由起谷志郎は叔父と二人で、〈由起谷静江《しずえ》〉という母の形が消滅するのを待っていた。

「仕事柄、他殺の仏さんを見ることが多いせいかもしれんが、自分から死んだもんを見ると、なんでわざわざ、っていつも思うよ」

滅多に顔を合わせることもなかった十七歳の甥と二人きりでいるのは、よほど所在がないのだろう、叔父は同じ話を繰り返した。

「すまんかったなあ、志郎。俺がもっと近くにいてやれれば」

近くにいればどうなったというのだ——志郎は何も応えず黙っている。

母の弟である岩井《いわい》信輔《しんすけ》は東京で警察官をやっている。今は野方署刑事課係長で警部補なのだという。母の両親、つまり志郎の祖父母も早くに離婚していて、叔父は祖父について中学時代に下関を離れ、東京に出たのだった。

近親者と言えばこの叔父くらいで、葬儀の手配も、高校生の志郎に代わってすべて叔父が手配してくれた。

やがて焼き上がった骨も、叔父と二人で拾った。遺骨を抱いて、斎場に戻るバスに乗った。骨壺を容れた箱にも焼き場の熱が籠もっているように感じられて嫌な気がした。

母は自殺だった。コンビニ弁当の飯や惣菜を容器に詰める弁当工場で働いていた母は、上司と不倫の関係にあり、捨てられた挙句に自ら首を吊ったのだ。

待っちょってよ志郎、もうじきあんたにもお父さんができるけんねえ――

それがもう十年も前からの母の口癖だった。新しく〈父〉になるはずの男の名は数年おきに変わっていった。

実父の純夫《すみお》は志郎が小学校に入る前に妻子を捨てて家を出た。噂では九州のどこかで新しい家族と暮らしているらしい。志郎が母の静江と暮らしていた1Kのアパートには、父の写真は一枚も残っていない。母が捨てたのか、それとも母に無断で自分が捨てたのか、どちらであったかとっくに忘れた。

中学に上がった頃だったか、家庭訪問に来た担任教師が、喧嘩沙汰の絶えない志郎について母に注意を促した。

全部うちのせいなんです、父親がおらんけえ、悪さばあしよりますが、この子はほんま

この学校でも、皆が志郎に怯えていた。不用意に声をかけて、彼の逆鱗に触れるのを恐れているのだ。志郎にタイマンを挑んだ三年生の自称番長は、今も入院中である。

唯一、クラス担任の数学教師だけが、廊下で志郎を見かけるなり、「大変やったなあ、由起谷君」と独り言よりも小さい声で言い、「じゃ頑張ってな」と目を逸らしながら呟いて足早に廊下を去っていった。

予想された光景ばかりで、学校にはやはり何もなかった。もっとも、自分が何を求めていたのかさえも分からなかったが。

昼休みになって、窓際の自席で早退しようかどうか思案していると、福本寛一《ふくもとかんいち》が顔を出した。

「もう出てきよったんかい」

福本は志郎の唯一のツレである。二人とも同じ機械科の二年だが、クラスは別であった。

「おふくろさん、大変じゃったのう」

「おう」

いずれはこうなるような予感があった――自分でもよく分からない感情を説明する気など毛頭ないから、素っ気なく答える。また福本はそんな自分の気持ちを察してくれる男であった。

「せっかく堂々と休めるゆうに、学校来よるちゃ、えらい真面目やのう」

ことさらに明るい口調でからかってくる福本に、

「ほうじゃ、俺は真面目やけん、これから自主的に校外学習じゃ」

薄い鞄を手に立ち上がる。

「どこ行く気じゃ」

「港でもぶらついてくるわ。おまえも来るか」

「そいじゃったら、つきおうたるよ」

二人は誰にも咎《とが》められることなく真昼の学校を後にした。

細江埠頭から下関国際ターミナルの方へ並んで歩く。この時期らしい空模様だったが、雨は降りそうで未だ降っていなかった。港らしい開放感は微塵もなく、どこまでも重く閉塞した海の色が続いていた。

「おまえ、叔父さんに言われたじゃろう」

不意に福本が訊いてきた。

「言われたて、何を」

「将来のことよ。高校出てからどないするんのとか」

まるでその場で見ていたかのようで、志郎は思わず鼻白んだ。

「まあな」

「それで、なんて言うたんじゃ」

「考えてないもん、答えようがあるかい。第一、俺が卒業できるゆう前提の方がおかしいわい」

「そらそうじゃ」

福本は曇天に似合わぬ明るさで笑った。

その笑いが少々気に障り、

「おまえはどうなんじゃ、寛一。俺みとうなんとつるんじょるくせしおって、ちいとは考えちょるんか」

「俺か……」

予想に反して、福本は真剣な口調で考え込むように言った。

「俺はな、警官になりたい思うとるんよ」

「警官て、ポリかい」

思わず声を上げていた。

「ポリになりたいて、おまえがか」

「そうじゃ」

「おまえ、俺を笑かそ思いよるんか」

「ちゃうちゃう。マジやマジ」

「マジて、おまえ」

「採用試験受けて、受かったらなれるゆうて、就職課のおっさんも言いよったわい」

志郎は立ち止まって悪友の顔を見つめた。意外すぎてなんと答えるべきか分からなかった。

「俺ら、どれだけ警察に目ぇつけられとる思うちょるんじゃ。試験受けに行ったかて追い返されるのがオチよ」

「おまえの叔父さん、東京の刑事や言うちょったやろ」

「ああ、昨日帰ったけど」

「そのうちでええけん、いっぺん叔父さんに訊いてみてもらえんかのう。口きいてくれとまではいかんでも、なんか方法はないか言うて」

「そりゃあ、訊いてみるくらいやったら訊いてみちゃってもええが」

「うちの店な、おふくろが意地になってやりよるけど、もうさっぱりなんちゃ」

「それくらい、言われんでも見たら分かるわ」

気安い憎まれ口を叩く。福本もまた母子家庭で、JR下関駅北側のグリーンモール商店街で小さな雑貨店を営んでいる。

「店はあかんし、俺みとうな落ちこぼれのアホでも勤まる仕事ゆうたら、警官くらいしか思いつかんのじゃ。あいつら、大概アホばあなんはおまえもよう知っとろうが」

福本らしい剽軽《ひょうきん》な言い方に、志郎は少しほっとした。

「けど、傍《はた》で見よるよりきつい仕事らしいで」

「俺、体力だけやったら自信あるけえ」

二人は笑いながら再び歩き出した。

湿気を孕んだ嫌な風が沖合の方から吹き始めていた。

「おい」

耳許で福本が囁いた。

前方からあからさまなヤンキー風の学生が五人、連れ立って歩いてくる。

「名商の斎藤《さいとう》じゃ」

志郎は無言で頷く。

先頭を歩いている顎髭のチンピラは名池《めいち》商業高校三年の斎藤。地元のヤクザからスカウトが来たと噂される札付きだ。志郎達とも過去に何度かやり合っている。

「おい、白鬼」

向こうから絡《から》んできた。日本人離れしているほど色の白い志郎は、地元の不良達の間では〈白面〉とも〈白鬼〉とも呼ばれている。閉鎖的な港町には特有の気性の荒さがあって、一見して異端の志郎に因縁をつけてくる者は数多い。

「母ちゃんが男に捨てられて首吊りよったんやてな。今度線香上げに寄らせてもらうわ」

志郎の顔が透き通るように白さを増した。昂《たかぶ》った感情が一線を越えようとするとき、血の気が引いて彼は氷のように白くなる。〈白鬼〉の所以《ゆえん》である。

「もういっぺん言うてみいや」

「淫売の子は耳がようないらしいのう」

人数差の余裕で、斎藤はさらに挑発する。

「おまえら、ようつるんじょるが、混血同士、気が合うんかいの」

「なんやと」

今度は福本が気色ばんだ。志郎は特に白人の血を引いているというわけではないが、福本の亡父は在日韓国人三世である。彼の生家のあるグリーンモール商店街は、在日コリアンの経営する店舗が多いことから、リトル・プサンとも呼ばれている。

「グリーンモールもシャッター閉まっとる店が増えちょるが、おまえんとこはしぶとうやっとるようじゃのう。日本は不景気じゃけ、ええかげん諦めてとっととフェリーで韓国に帰ったらええんじゃないの。下関がキムチ臭うてかなんわい」

次の瞬間、阿吽の呼吸で志郎と福本は斎藤らのグループにつかみかかっていた。

五対二だが熱量が根本的に違っている。まずリーダーの斎藤を潰し、次いで取り巻きの雑魚をすかさず叩いて闘志を喪失させる。

人数で勝っていた斎藤らはその油断を衝かれ、攻勢に出る機を逸した。喧嘩慣れした志郎と福本は相手に体勢を立て直す隙を与えない。何人かがナイフを出したが、振り回すどころか刃を開く前に叩き落とされている。

志郎はうつ伏せに倒れた斎藤に執拗に蹴りを入れ続けた。

――志郎、もうええじゃろ、もうやめとけて、志郎。

福本の声がしたような気がするが、自分で自分を止められなかった。

「こんクソが！　こんクソが！　こんクソが！」

際限なく湧いてくる憎悪。怒り。破壊の衝動。この海もこの街も、白く厚い何かで覆われて、自分はずっと抜け出せない。何もかもが分からない。何もかもが狂おしい。

遠くからパトカーのサイレンが聞こえてきた。


下関署に引っ張られた二人は、生活安全課少年係でたっぷりと絞られた。

「またおまえらかい。国際ターミナルの前であがいな騒ぎ起こしよってから、下関の恥晒しよ。ちいたぁこっちの手間も考えてみいや。おまえらみとうな半端もん、なんぼ引っ張ろうが、わしらの給料は変わりゃせんので」

担当である西川《にしかわ》巡査部長の言いぐさに志郎は食ってかかった。

「警察ゆうんは、給料上がることしかやる気ない言うんかい」

「なんやと」

西川は色をなして自席の机を叩いた。その声に少年係だけでなく、保安係の制服警官達も集まってきた。

「なんじゃ、またこいつらか」

「こがいなどうげん坊主、なんぼ言うても無駄よ」

「社会のゴミよ。どうせろくなもんにならんじゃろ」

自分達を口々に嘲る中の一人に、志郎は見覚えがあった。

「おい、あんた」

社会のゴミ、と放言した若い警察官に向かい、

「あんた、先月シーモール下関で俺らが笹山水産の連中とこみ合うたとき、野次馬の中におったろう」

指差された警官の顔色が変わった。

「あのときは制服やのうて私服やったけえ分からんやったが、あんた、ポリやったんやのう。あれだけの騒ぎやったゆうに、制服着とらんかったら怖あて子供のケンカも知らんふりかい」

「知らん。人違いちゃ。妙な言いがかりつけんなや」

「ほうか、人違いか。えらい趣味の悪い紫のポロシャツ着とったけんど、あんた、そのシャツ持っとろうが」

「そんなん持っとらんわ」

否定した警察官の口調は明らかに動揺していた。周囲の同僚達も一斉に彼を見る。

「俺らがゴミやったら、おまえらは何よ。違いは制服だけなんか」

ベテランの西川が、やんわりと、そしてごまかすように割って入った。

「今はそんな話しとるんやないちゃ」

そのとき、フロアの入口の方で初老の女の声がした。

「福本でございます。うちの馬鹿息子がいつも申しわけのないことでございます」

ばつが悪そうに福本が首をすくめる。彼の母親だった。

それをきっかけに、周囲の警官達が散っていった。


その夜は勧められるまま福本の家で夕飯を呼ばれた。

新鮮な魚の煮付けとあら汁、水菜とキムチ。食べ盛りの二人はそれだけで何杯も飯をかき込んだ。

「志郎ちゃんはほんまに大変やったねえ」

二人に飯をよそいながら、福本の母は目頭《めがしら》を押さえた。

「静江さん、頑張っとったんよ。志郎にだけは人並みの暮らしさせてやりたいて、よう言うてなさったんよ。うちにも仲良うしてくれて。寂しなるわ」

志郎はただ頷くしかなかった。人の好い福本の母に、自分の抱く母への否定的な思いなど吐露できるものではない。

下関と釜山《プサン》との間には関釜《かんぷ》フェリーが運行している。下関は古くから韓国とのつながりの深い土地柄である。しかし差別はどこの世界に行ってもついて回る。福本の母も、韓国系の男と所帯を持ったために人一倍の苦労をしたと聞いている。

「俺、もう去《い》にますけえ、今日はほんまありがとうございました」

礼を言って辞去しようとすると、福本も一緒に立ち上がった。

「そこまで送るわ」

「ほうか、ほなあんたら、夜道は気ぃつけんさいよ」

福本がうるさそうに母親を振り返り、

「気ぃつけるて、なんよ」

「ほれ、あれよ、近頃よう出よるゆう連続ひったくり魔よ」

「ああ、あれかい」

地元で話題になっている事件であった。犯人は悪質で、帰宅途中の若い女性を殴りつけてはバッグや金品を奪い取る。下関署では夜間の警戒を強めている最中であった。

志郎は昼間連行された下関署に、注意を呼びかける垂れ幕やポスターが大きく掲げられていたのを思い出した。

「乾物屋の金《キム》さん、あそこの娘さんも先週やられたんやて。グリーンモールのすぐ裏ちゃ。あんたらも用心せな」

「アホ言うなちゃ。狙われるんは若い女で。どこの命知らずが無敵の俺らを襲う言うんなら」

母親の心配を一笑に付した福本は、志郎を促して先に立った。

「そいじゃ行こか」

その背中に、母はさらに声を投げかける。

「寛一、志郎ちゃん送ったら、また夜遊び行かんで早う帰ってこんね」

「分かっとるて。やかましのう」

そんなごく当たり前の母子のやりとりが、志郎の胸には痛かった。


夜のグリーンモールを並んで歩きながら、福本が思い切ったように口を開いた。

「昼間に言うたこと、俺、結構本気なんや」

なんの話や、と言いかけて、志郎はそれが福本の〈将来〉の話であると気がついた。

「グリーンモールの端に昔あった、ビッグ屋ゆうおもちゃ屋覚えとるか」

「だいぶ前に潰れた店じゃろ。名前のわりにこまい店やったなあ」

「これは人に話すんは初めてなんじゃけど、俺な、小学校の二年か三年の頃、よう出入りしとってん。もちろん買うたことはいっぺんもないけどな。棚に飾ってあるスーパーカーがカッコようて、なんべんも見に行っとったんよ。ほいである日、いつものようにビッグ屋寄って、店を出ようとしたら、後ろから襟首つかまれたんじゃ。店のハゲ親爺やった。親爺が言うには、いつも万引きしよるの、おまえじゃろうて。昨日も店のラジコン、盗ったじゃろうて。違うわ言うても、もう頭から決めつけとるんよ。なにしろ、その頃には俺の親父はもうおらなんだけえの」

目に浮かぶようだった。志郎も似たような経験は山ほどしている。

「ビッグ屋の親爺は俺の持ってた手提げ鞄を取り上げて中を勝手に調べよった。そしたら、店で売ってる百円のゴムボールが出てきたんよ。それで俺は気がついたんじゃ。俺が店にいるとき、豊前田四小の大代《おおしろ》がぶつかっていきよった。あのときじゃ。あのとき大代が俺の手提げにゴムボールを投げ込みよったんじゃ」

「四小の大代て、大代興産の息子か」

「そうじゃ」

大代興産は地元の実業界でも名の通った企業である。創業者は下関の発展に力を尽くした人物だったらしいが、よくある話で二代目、三代目は鼻持ちならない傲慢な性格に育った。その三代目の息子が〈四小の大代〉だ。現在は東京の私立大学付属高校に通っているらしい。

「店の親爺はこれが証拠じゃあ言うて警察に通報しよった。すぐにポリが二人来よった。年寄りとそれよりは若いポリじゃ。よう覚えとるんじゃが、若い方は右手と額に大きい火傷の跡があったよ。俺は一生懸命話した。大代のことも話したよ。年寄りの方は店の親爺とおんなじで俺の話を聞こうともせん。完全な万引き扱いじゃ。けんど、火傷のある方は俺の言うてることをちゃんと聞いてくれた。ほいで、『この子がこれだけ言うとるんじゃけ、違うんやないですか』とまで言うてくれた。店の親爺と年寄りのポリは呆れとったわ。アホか言うて。こんなガキの言うこと真に受けるアホがどこにおるかて」

「そりゃそうじゃろうなあ」

志郎はつい頷いてしまった。

福本は構わず、

「それだけやない、火傷の警官は、俺と一緒に大代の家まで行ってくれた。年寄りの方は大代と聞いただけでビビってもうて、やめとけ、わしゃ知らんけん言うて帰ってまいよった」

「で、どうなってん?」

続きを促すと、福本は得意げに、そしてまた嬉しそうに、

「大代の豪邸に行くとな、ちょうど大代のガキがラジコンで遊んじょったよ。火傷の警官がちょっと話を聞こうとしたら、たまたま居合わせた大代の父親が出てきて怒鳴りつけよ

った。ヒラの巡査が、うちの息子を万引き扱いするんかちゅうて」

「えらいことになったのう。そのポリ、飛ばされよったん違うか」

福本は愉快そうに手を打った。

「それがのう、大代のラジコンにはビッグ屋の値札が付いたままじゃったんじゃ。他にもビッグ屋から盗られたもんが値札付きでようけ出てきてのう、大代のガキが真犯人じゃと証明されたんじゃ」

歩きながら志郎と福本は大笑いした。実に痛快な話だった。

「その警官は、俺の頭をくしゃくしゃに撫でて、『よかったのう』て言うてくれて……子供心に思うたもんちゃ、世の中にはこんな人もおるんかて」

「それでか、それで警官になりたい言いよったんか」

福本は照れくさそうに頷いた。

「まあ、そうかもしれんの」

商店街の出口に着いた。志郎は立ち止まって友人を振り返り、

「ここでええわ。東京の叔父さんは四十九日にもっぺん来る言いよったけえ、そんときでええんなら俺が訊いちゃる」

「ほんまか、そら恩に着るわ」

ほっとしたような笑顔を見せ、福本は下駄を鳴らして帰っていった。

志郎もなんとなく温かい心持ちになって家路についた。だがこれまではアパートで待ってくれていた自分の母がもういないことを思い出し、弾《はず》みかけた心がたちまち沈むのを感じた。

福本には母がいて、将来への希望がある。自分にはそれがない。周囲の蒸し暑い闇が息苦しくてたまらなかった。


母の四十九日には、学校はすでに夏休みに入っていた。当日は朝から長引いた梅雨の置き土産のような雨だった。

近所の大衆食堂で昼食を済ませた志郎は、アパートで制服に着替え、叔父と僧侶の到着を待った。

法要は午後三時から始まった。仏壇もない貧乏アパートでの読経である。寺にとっては格安コースで、適当に省略したとおぼしき様子で僧侶は読経を早めに切り上げ、説法もそこそこに雨の中を帰っていった。

その夜叔父はアパートに泊まった。二、三日休みを取ったと言っていた。その間に志郎の生活に関する諸々の手続きを行なう予定を立てているらしかった。

蒸し蒸しとした一日だったが、雨は八時過ぎには止んで、意外としのぎやすい夜になった。

叔父の岩井は志郎にまた将来の希望について尋ねてきた。心底心配してくれているのは分かったが、その心遣いに気後れがして、かえって何も言えなくなった。福本の希望について訊いてみようと思っていたのだが、それも切り出せずにただ気まずいだけの夜は更けた。

まあええ、叔父さんが帰るまでに訊けばええんじゃけえ——

志郎は自らにそう言い聞かせ床についた。叔父はその隣で母の使っていた布団で眠った。

電話が鳴った。壁の薄いアパートなのですぐに出る習慣がついている。志郎は飛び起きて茶箪笥の上の受話器を取った。

啜り泣きの声が聞こえた。福本の母だった。何を言っているのかよく分からない。何度か聞き返してようやく分かった。

福本が死んだらしい。

警察から連絡があったという。下関署まで死体の確認に来いと言われた、何か事件に巻き込まれたらしい、一人では不安なので一緒に来てはくれないか——大体そういう内容だった。

すぐに行きますと返事をして電話を切る。叔父はすでに起きて着替えを始めている。電話の内容を察したようだった。

「俺も一緒に行く。なにしろおまえの後見人だからな」

お願いします、と志郎は素直に頭を下げた。

寛一が死んだ？　嘘だろう？

何が起こったのか分からなかった。また自分に何ができるのかも。こういうとき、叔父がいてくれるのはやはり心強かった。

午前五時三十七分だった。


国道九号に出てタクシーを拾い、グリーンモールの店に寄って福本の母を乗せてから下関署に向かった。

応対に出てきた刑事課の捜査員三人に、岩井は名刺を出して丁寧に挨拶した。

「志郎がいつもご迷惑をおかけしております。こちらには折を見てご挨拶に伺うつもりでおりましたが、急な事案のようですので、志郎の親代わりとして参りました」

同行の岩井と志郎に、三人の捜査員の中には露骨に不快そうな態度を示す者もいた。しかし年長の三浦《みうら》という巡査部長は、最初こそ逡巡していたものの、岩井の物腰と、今にも崩れ落ちそうな福本の母の様子に、岩井と志郎が同席することを認めてくれた。

霊安室に案内された三人は、そこで検視台の上に横たわる死体を見た。

福本寛一であった。

泥にまみれたジャージ姿にスニーカー。きれいな死顔だった。さすがに顔だけは泥が拭《ふ》き取られたのだろう。

福本の母が息子の遺体に取りすがって泣き崩れた。志郎はただ呆然と友の死顔を見つめる。それは単に寝ているだけのようにも見えて、命を失っているという実感を持てなかった。

「福本寛一さんに間違いありませんか」

三浦巡査部長が尋ねたが、号泣する福本の母の耳には届いていないようだった。

捜査員達は無言で志郎の方を見た。

「寛一です」

志郎は小声で答えた。

岩井はよけいなことは何も言わず、黙って福本の死体を眺めていた。

霊安室を出た三人は、別室に通され、そこで三浦から説明を受けた。

それによると――

昨夜午後七時三十分頃、豊前田一丁目の路上で帰宅途中のアパレルショップ販売員が何者かに襲撃された。被害者の女性は必死に抵抗し、相手の顔をかきむしって難を逃れたが、持っていたハンドバッグを奪われた。折から市内を警戒中であったパトロールの警察官が駆けつけ、被疑者を追跡したが、造園中の市民公園付近で見失った。保護された被害者の女性は、捜査員の聴取に対し、現場が暗かった上、突然のことだったので相手の顔までは分からなかったと答えた。

そして日付の変わった午前四時十五分頃、付近を散歩していた愛犬家グループの老人達が、造園中の深い穴の底に横たわる福本の死体を発見した。造園作業中の現場は一般の立ち入りは禁止されているが、発見者は激しく吠える飼い犬に引きずられるようにして穴の底を覗き込んだとのことである。

福本は露出した岩で頭を強く打ったらしく即死状態で、側には女物のハンドバッグが落ちていた。

つまり福本寛一が連続ひったくり事案の被疑者であり、パトロール警官に追われて逃げ込んだ公園で誤って足を滑らせ、深さ約三メートルの穴に落下、頭部を強打して死亡したというのが下関署の見解であった。死亡推定時刻は八時三十分前後。服装や背恰好もこれまでの被害者の証言と一致する。現場検証も終わっているという。

志郎は思わず叫んでいた。

「寛一が犯人やて？　そがいなでたらめ抜かすなや！」

「志郎！」

叔父の一喝に黙り込む。

「申しわけありません。こいつは後でよう叱っときます」

深々と頭を下げる岩井に、三浦は何も言わなかった。

泣き続ける福本の母は、話を聞いていたのかどうかも定かでなかった。

「昨夜息子さんはどちらにおられましたか」

三浦の質問に、消え入るような声で答えた。

「夕方までは家におりました。それから散歩に行く、言うて……」

「何時に戻られましたか」

「戻ってきませんでした」

「心配やなかったですか」

「寛一は……夜遊びに出ることが多かったですけえ、昨日は先に寝てしもて……」

「夜遊びて、どこに」

「いつも近所の散歩や言うちょりました。港の方へ行くこともあったみたいです」

「港へ、何しに」

「釣りをしてなさる人の冷やかしとか……」

「冷やかし、ですか。自分で釣るわけではないんですね？」

「はい……」

「では、例えば先月の十二日の夜、息子さんはどちらにおられたか覚えちょられますか。ご自宅ですか。それともやはり夜遊びに？」

「先月て……そんなん、全然覚えてませんわ」

自分の答えが招くものに気づいたのだろうか、福本の母は口を閉ざした。

制服警官が入ってきて、三浦に何事か耳打ちした。頷いた三浦は、福本の母に向かって言った。

「これから、お宅の捜索をさせてもらいますけえ、立ち会いをお願いします」

裁判所から捜索差押令状が届いたらしい。

やはり反応のない福本の母に、これは寛一君のためにも必要な手続きであると、岩井が優しく嚙んで含めるように説明した。それでようやく納得したのか、福本の母は頷いた。

三浦はほっとしたように岩井に感謝の視線を向けた。

部屋を出たとき、婦人警官に付き添われた若い女性とすれ違った。

もう朝やないの、こんな時間まで、今日も仕事やちゅうに、ほんまにええ迷惑やわ――

女がそうこぼしているのが一同の耳に入った。

「ハンドバッグを盗られた被害者ですよ」

三浦が岩井に耳打ちした。

警察署で検視が行なわれた事案である。被害者は被害届提出や事情聴取のため、長時間の拘束を余儀なくされる。

確かにアパレルショップの店員らしい女で、ブランド物のワンピースに白や水色のネイルが似合っていた。

「はあ、あの人が」

凡庸な相槌を打ちながら、岩井はなぜか女性の後ろ姿を目で追っていた。

駐車場のある署の裏口に向かって、生活安全課のフロアに近い通路を通り抜ける。志郎は視線を感じて振り返った。少年係の西川達だった。

侮蔑《ぶべつ》と哀れみの入り混じる冷たい表情でこっちを見ていた。

このごくつぶしどもが、とうとうやりくさって——彼らの目ははっきりとそう告げているように感じられた。


ただちに執行された家宅捜索では、さまざまな物が押収された。しかし警察の目当てである盗品らしい物が何も出なかったことは、素人の志郎の目にも明らかだった。

がらんとした部屋の中で放心している福本の母に、慰めにもならないような声をかけ、志郎と岩井は豊前田のアパートまで歩いて帰った。

「俺らが札付きじゃけえ、あいつら、最初から決めつけとんのじゃ！　寛一はひったくりなんかするような奴やない！　アホも大概にしとけや！」

たまらず往来で喚き散らす志郎を、岩井は咎めようとはしなかった。ただじっと何かを考えているふうだった。

「こりゃあ、ちいと変だぞ」

アパートに戻るなり、岩井は志郎に向かって言った。

「被害者は犯人の顔をかきむしって逃げたって話だろ。今朝すれ違った被害者の女の子、確かにネイルの先に赤いもんが残っとった。それなのに――」

そこまで聞いて志郎もはっとした。

「寛一の顔！　傷なんか一つもありゃせんかった！　きれいなまんまやった！」

志郎は勢い込んで、

「これで寛一が無実やゆうんははっきりしたやないですか」

しかし岩井は、柔道で鍛えたという太い首を左右に振った。

「下関署はもう福本君の線で固まっとる。それくらいではどうにもならんだろう」

「でも、被害者の女は顔をかきむしったて」

「大概の人間はな、勘違いじゃないのかって刑事にしつこく言われたら、なんとなくそんな気がしてくるもんなんだ。それにな、俺やおまえがそんなことを指摘したりしたら逆効果になりかねん」

「逆効果て、なんでですか」

「捜査の現場ってのはな、余所者《よそ》が首を突っ込んでくるのを一番嫌がるんだよ」

叔父のイントネーションは、故郷に帰った者らしい山口弁から、東京の刑事のそれに変化していた。

「家宅捜索でも何も出んかったやないですか」

「盗品を別の場所に隠しているか、盗った端から処分していたかもしれん。問題にはならん」

「アリバイは？　事件があった日の寛一のアリバイを全部調べたらええんやないですか」

「散歩に夜釣りの冷やかしじゃ、話にならん。下関署も一応は調べるだろうが、期待はできんな。誰か名乗り出てくれる人でもいたら別だが、仮にいたとしても、事件のあった全部の日というわけにはいかん。とりあえず昨夜のアリバイがないだけでも相当まずい」

「じゃあどうすればええんですか」

しばらく考え込んでいた岩井は、シャツのポケットから携帯電話と手帳を取り出した。

手帳のページを繰って、それを見ながら番号ボタンを押している。すぐにつながったらしい。

「あ、日下部《くさかべ》さんですか。突然にお電話して申しわけありません、警視庁の岩井です、どうもご無沙汰して……ええ、今は野方署の刑事課で……そうなんです、今こっちに来とりまして……それが、身内にちょっといろいろありましてね……いえいえ、お気遣いありがとうございます……ああ、いいですね、じゃあ今夜あたりにでも一つ……」

翌日、再び下関署を訪れた岩井と志郎を出迎えたのは、昨日と同じく三浦巡査部長であった。

「署長から伺いました。岩井さん、本部の日下部さんとご昵懇《じっこん》の間柄とか。いやあ、驚きましたよ」

「昨日は甥の付き添いで来てたものですから、捜査の邪魔をしてはと思いまして、関係ないことは極力言わんようにしとったんですよ」

現場に気を遣って岩井はあくまで低姿勢でにこやかな態度を崩さない。

〈本部の日下部〉とは、山口県警刑事部捜査一課課長補佐の日下部充《みつる》警部のことであると、志郎はすでに叔父から聞いていた。県警各署の刑事課に大きな影響力を持っているということだった。

「日下部さんとは成田の空港警備隊で一緒だったんですよ」

「ほう、成田で」

成田国際空港警備隊には一、二年程度の期限で各県警から千葉県警に出向の形で警察官が配置される。そのうち第二空港機動隊には、警視庁をはじめ、福島、愛知、三重、奈良、高知、熊本、そして山口県警から出向した人員が割り当てられる。

「そのときに意気投合しましてね、以来お付き合いを願っております次第で」

「実は私も、成田には二年行きました。いや、考えてみれば警察官が知己を得るには、成田はええとこやったかも分からんですな」

三浦は快活に笑った。幸い生来の好人物であるらしかった。彼は署長から岩井に便宜を図るようにと言われているはずである。内心では大いに不満に思っていてもおかしくはないところだし、実際、そうした感情をただ表に出していないだけかもしれない。

「それで、ご要望の件ですが、岩井さんもお分かりでしょうけど、ウチにはウチの面子ちゅうもんがありますけえ、くれぐれもご内密に」

「はい、それはもう」

そう念を押してから、三浦は二人を空いている会議室に案内し、現場周辺で採取されたという物品を見せてくれた。

「正直言うて、ろくなもんは見つからんやったですよ。周辺の足跡も調べましたが、犬や爺さん連中の足跡がようけ入り乱れてもう……」

三浦の話を聞きながら、ビニール袋に詰められた証拠品を一つ一つ手にとって眺めていた岩井は、やがてある物に目をとめた。

「これは……」

［算数］の表題があり、一見して小学生のノートと分かる。途中まで使われているが、名

前はどこにも記されていない。字や落描きのイラストから、明らかに女児のものであると思われた。

「ああ、それは現場の近くに落ちてたものです。一応採取はしましたけんど、被害者は成人で子供もおりませんけえ、事案には関係ないでしょう。近所の子供が落としたんやないですかね」

「現場検証は確か早朝でしたよね」

「四時半から五時にかけてくらいでした」

岩井はノートの状態を丹念に点検し、

「これ、表紙は確かに湿ってますが、中は濡れた形跡はないですね。と言うことは、一昨日の夜、雨が止んだ後に落とされたことになりますね」

「まあ、そうなりますわな」

「しかし、朝の四時半以前に子供があんな所にいてノートを落とすとはどうも考えにくいですな。落としたとするともっと早い時間帯でしょう。だとしたら――」

三浦がはっとしたような表情を浮かべる。志郎も同時に気がついた。一昨日の夜、雨が止んだのは八時過ぎだ。一方、福本の死亡推定時刻は八時半。となると、現場に小学生が居合わせた可能性がある。

「なるほど、分かりました」

三浦はすぐに呑み込んだ。

「近所の小学生、しかも女児限定となると数は知れとります。すぐに調べられますよ」

「ありがとうございます」

岩井は深々と頭を下げた。

「いやいや、これはあくまでウチの捜査の範疇ですけえ。もし目撃者がいて、バッグを持って逃げる福本を見とったりしたら、事案の概要ははっきり固まりますけん、こっちも助かりますわ」

岩井は甥の頭をわざとらしく押さえつけた。

「何しとるか、おまえもよう頼んどけ」

「お願いします」

志郎は半ばふて腐れ、半ば本気で叔父に言われるまま頭を下げた。

結果はその日の夕刻には判明した。

ノートの持ち主は容易に割れた。現場にほど近いマンションに居住する一家の長女であった。小学校の生徒名簿とノートの写真を携えて訪れた下関署員の質問に、女児は泣きながら打ち明けたという。

小学三年生の彼女は、事件当夜、塾の帰りが遅くなったため、近道をしようと造園中の現場を通り抜けた。そのとき、木の陰から現われた男と偶然出くわした。女物のハンドバッグを持っていた男は、自分を目撃した少女に気づくと、襲いかかってきて首を締め上げた。女児は驚いて塾の鞄を取り落とした。悲鳴を上げて助けを求めると、誰かが駆けつけてきて男と揉み合いになった。そのうち、助けに来てくれた若い男が、足を踏み外して穴に落ちた。呆然と見ていた少女は、急いで鞄を拾って逃げ出した。その背中に向かって、男は「このことは親にも言わんと黙っとけ、言うたら家族全員皆殺しにするぞ」と恐ろしい声で怒鳴った。

泥だらけで泣きながら帰ってきた娘を見て、両親は当然何があったか質《ただ》したが、強いショックを受けていた女児は、〈家族を殺す〉と脅されていたこともあり、「公園の工事現場で転んだ」としか答えられなかった。造園現場は立入禁止になっており、夜は人気《ひとけ》もないことから、両親は日頃から通行を禁じていた。その禁を破って酷く転んだため泣いているのだろうと両親は納得し、娘を叱りつけてそれ以上は不審を抱かなかった。

翌日、女児は算数のノートがなくなっていることに気づいた。現場で落としたのだとすぐに悟ったが、男の脅迫が恐ろしくて誰にも言い出せないままでいた――

つまり福本は、隠れていた犯人と遭遇した子供を助けようとして穴に落ちた。犯人は持っていたハンドバッグを死体の横に投げ落とし、福本が犯人であるかのように見せかけたのだった。

女児は併せて、犯人には顔に無数のひっかき傷があったと証言した。

色めき立った下関署では、これまで容疑者としてマークされていた近隣の人物を片っ端から当たった。その夜のうちに、犯歴のある無職の男が顔にひっかき傷を作っていたとの証言を得て、任意同行を求めたところ、一連の犯行を自供した。男の部屋からはこれまで盗まれた女性用の小物類が多数発見された。

事件解決は下関署の手柄として翌日の地元紙で大きく報道された。紙面では、それまでの〈未成年の被疑者〉は一転して〈勇気ある高校生の福本寛一さん〉となっていた。

志郎は叔父と一緒に下関署で三浦から詳細の説明を受けた。署の刑事課長も同席した。

「これも岩井さんのアドバイスのおかげやと三浦から聞いちょります。私からも御礼を申し上げます」

「いえいえ、そんな、実際に現場で捜査に当たっておられる皆さんの努力の賜物です」

一礼する課長に対し、岩井はあくまで謙虚に徹し、相手を立てた。

そんなやり取りを、志郎は醒めた思いで眺めていた。

署を出ようとしたとき、志郎は背後から呼び止められた。

「由起谷」

振り返ると、少年係の西川と数人の警察官が立っていた。

身構える志郎に対し、西川は出し抜けに頭を下げた。

「正直言うが、わしもてっきり福本が犯人やと思うちょった。わしの偏見やった。すまんかったな」

相手の意外な態度に志郎は少々面食らったが、それでも精一杯の嫌味を込めて返した。

「悪い思うんじゃったら、俺やのうて、福本のおふくろさんに言うたれや」

「そのつもりじゃ。今夜にでも行ってくるわ」

西川は素直にそう言った。

志郎は初めて胸のつかえが――ほんの少しではあるが――下りたように感じた。

新幹線の到着まではまだ間があった。

叔父の見送りに新下関駅までついてきた志郎は、ホームの待合室で逡巡していた。福本に頼まれたことを訊くのは今しかない。だが、もはや訊いても意味はなかった。福本はもうこの世にはいないのだ。警官になりたいと言った友は。

なのに、自分はどうしてその質問にこだわるのだろう。

あれこれ迷い、考えた挙句、自分でも思わぬ切り出し方をしてしまった。

「叔父さん」

「なんだ」

「叔父さんは下関で、額と右手に火傷の跡のある警官のこと、聞いたことありますか」

岩井は目を見開いて振り返った。

「おまえ、なんで日下部さんのことを知ってるんだ」

「えっ」

日下部。県警本部の日下部充警部か。

驚いた志郎は、福本の少年時代の挿話について夢中になって話した。

それを頷きながら聞いていた叔父は、少し間を置いてから、遠い目をして語り出した。

「なるほどなあ。日下部さんならありそうな話だ。あの人はな、巡査になり立ての頃、公休で同期の仲間と遊びに行った川棚温泉で、旅館の大火事に出くわしたんだ。そのときに取り残された赤ん坊を火の海から助け出して、一躍県警のヒーローになった男だ。火傷の跡はそのときのものだよ。今でも山口県警では広く慕われてる。今回も、日下部さんの口利きがあったからこそ下関署も動いてくれたようなもんだ」

列車の到着を告げるアナウンスがホームに響いた。

岩井は大儀そうに腰を上げ、なるほどなあ、と再び漏らした。

「福本や俺みとうなんでも、警官になれますか」

叔父の鞄を手渡しながら、志郎は遠慮がちに訊いていた。

「なんじゃおまえ、警察官になりたいんか」

列車に乗り込んだ叔父が少し驚いたように振り返った。

「そんなわけ、ないですよ」

騒がしいアナウンスとともにドアが閉まる。自分の答えが叔父に聞こえたかどうかは分からなかった。

去って行く新幹線を見つめ、志郎はもう一度心の中で呟いた。

そんなわけ、あるかい――

新幹線が見えなくなった。小さく息をついて、エスカレーターの方に向かった志郎は、自分の足取りが心なしか軽くなっていることに気づいていた。

勤行

ごんぎょう【勤行】〔仏教〕仏道の実践徳目である波羅蜜《はらみつ》の一つ精進波羅蜜と同一視され、時を定めて仏前で読経、礼拝、焼香などの儀式を行なうこと。おつとめ。

0

長野三瓶《ながのさんぺい》参議院議員から内閣総務官室経由で各省庁に参議院内閣委員会の質問リストが届けられたのは、その日の午前九時であった。

質問の趣旨は、『昨今の国際テロの動向と国内治安の悪化、及び国際テロ対策について』。

昨年から今年にかけて、機甲兵装による地下鉄立て籠もり事件、ＩＲＦによる首都高テロ、ロシアン・マフィアによる閖上《ゆりあげ》経済特区での武器密売事件と、日本全土を震撼させた大事件が続いている。いずれの事件についても国民の関心は極めて高い。そうした世相を受けての質問であることは明らかである。つまり各省庁の関係者にとっては、答弁にはことのほか慎重を要するものだった。

質問内容、及び当該事案の性質上、当然ながら警察庁警備局が被弾した。『被弾』とは、官庁用語で特定部局に質問が集中することを言う。

迂闊《うかつ》な答弁をすると与野党はおろか世論の集中砲火を浴びることは目に見えている。長官官房総務課の要請に対し、各部署はあれこれともっともらしい理由を述べてこれを避けようとした。ありていに言えば公官庁の伝統芸〈たらい回し〉である。

そこで一旦警備局が引き受けた形にして、実質的な答弁作成、つまり官庁用語で言う『メモ出し』と、それに付随する資料作成が警視庁特捜部に丸投げされることとなった。

国会答弁の実質的な作成を、東京都を管轄する警視庁の一部局に委ねるのは極めて異例ではあるが、事件を直接担当した特捜部に一任しようというわけである。そもそも問題の事案そのものが相当に複雑な背景を持つ異例ずくめのものなので、他に方法はなかったと言うこともできる。

段取りをつけたのは警備企画課の小野寺徳広《おのでらのりひろ》課長補佐であった。小野寺課長補佐は、その際、部下にこう漏らしていたという――「だってしょうがないだろ、こんなの、特捜じゃないと答えらんないし」

1

同日午前八時四十分、文京区目白台二丁目の自宅マンションを出ようとした宮近浩二特捜部理事官は、玄関でヴェルサーチのハンカチを差し出す妻の雅美《まさみ》に念を押された。

「明日は久美子《くみこ》の発表会だから」

「分かってるよ」

ハンカチをポケットにしまいながら、極力穏やかに答える。

発表会とは、小学二年生になる娘の久美子が通うピアノ教室の合同演奏会のことである。高級官僚や政治家の子女が通うことで知られる教室で、発表会には警察幹部の子女も多数出演するため、官僚の社交としてぜひとも出席する必要がある。

「演奏会は四時からよ。それまでには……」

「大丈夫だ。それくらいの都合はつけられる」

「本当なのね？　明日は叔母様もいらっしゃるっていうし」

妻の叔母である丸根《まるね》淑子《よしこ》は、丸根郷之助《ごうのすけ》総括審議官の妻である。雅美自身も警察幹部の家庭に育ち、官僚の妻としての処世術を叩き込まれている。警視庁特捜部なる新設の部局に飛ばされた夫を少しでも早く本庁に戻してもらおうと、雅美なりにあれこれ手を尽くしているのだ。

妻は自分に幻滅している――朝からそんなふうに思いたくはなかったが、雅美の言葉の端々には、まぎれもなく幻滅と不信感が表われていた。

それだけではない。近頃では娘の久美子まで、父親を侮《あなど》っているような気がしてならない。母親の不満を敏感に感じ取って反映している面もあるのだろうが、何かの拍子にこう言われたことがある。

——だって、お父さん、最近ウソばっかりつくんだもん。

特捜部に配属されて以来、深夜の帰宅が増えたばかりか、土日にも家に居ない日さえ珍しくない。必然的に久美子との約束は反故《ほご》となる。

「分かってる。心配するな」

苦々しく言い残して家を出た。

登庁して早々、宮近は捜査班の夏川主任から、現在特捜部が捜査中である暴力団抗争事案に関する報告を受けた。

「田部井《たべい》組若頭の春田《はるた》ですが、別件で聴取していた元組員が、例の殺しは春田の指示だと認める供述を始めました。ウラも取れてます」

「なに、本当か」

夏川は嬉しそうに角刈りの頭に手をやって、

「ええ、だいぶ手こずりましたが、これでやっと春田の野郎をぶち込めます」

広域指定暴力団摩耶《まや》組系田部井組と、同じく広域指定暴力団京陣《きょうじん》連合系茂原《しげはら》会は、一か月前に練馬区江古田のバーで発生した茂原会幹部射殺事件をきっかけに、都内で熾烈な抗争を繰り広げていた。

まだ一般市民に死傷者の出ていないことが不幸中の幸いだったが、警察としては一刻も早く事態を沈静化させる必要がある。そこで急遽特捜部と組織犯罪対策部との合同態勢が取られたのであった。

「組《そ》対《たい》（組織犯罪対策部）にだけは出し抜かれたくないって、部下達もがんばってくれまして」

「やったじゃないか、夏川君」

朝から思いもかけぬ朗報であった。宮近は思わず夏川の肩を叩いて、

「さすがは元捜一のエースだ。これで全都民がほっとするだろう。いや、実はウチの妻もえらく不安がってな、娘に流れ弾でも当たったらどうしようって」

「分かります、親の気持ちとしては当然でしょう」

「その不安も君達のおかげで解消だ。よし、今日の捜査会議では逮捕の段取りまで一気に固めようじゃないか」

「はいっ」

今日はいつになく幸先がいい——

出勤時の愉快とは言い難い妻とのやり取りも忘れ、宮近は上機嫌で自席に向かい、捜査

会議に備えて下準備を開始した。

同僚の城木理事官とともに、宮近が上司である沖津特捜部長に呼ばれたのは午後一時四十二分のことだった。

「……そういうわけで、明日までにメモ出しをやってもらいたい」

呆然とした。

国会答弁の作成。確かに特捜部の編成では理事官である自分達二人の仕事となるが、それにしても――

「経緯は分かりますが、あまりにも異例では」

沖津は憮然とした面持ちで応じた。

「豪腕で鳴らした海老野《えびの》警備局長だ。こっちが断れないようあらゆる外堀を埋めてから言ってきたよ。ウチとしても備局《びきょく》（警備局）との間によけいな摩擦を起こしたくないのは確かだ。議員事務所へのレク（質問事項の詳細確認）は総務課と備局の方で済ませたらしい。詳細はこのファイルに書かれている。答弁するのは国家公安委員長の氏家《うじいえ》さんだ」

城木もあえて異を唱える。

「ウチは現在、懸案のマルB（暴力団）抗争事案が山場を迎えているところです。我々は二人とも刑事部や組対との調整に……」

「そっちの方は私が一人でなんとかする。今夜はとても草案の内容まで確認している余裕はないと思うので、すべて君達に一任する。もちろん最終的な責任は私が取る」

部長もさすがに済まなそうに、

「君達には負担をかけるが、今回は備局に貸しを作るつもりで、一つ頼む」

「は……」

拝命して部長の執務室を出た二人は、急ぎ同じフロアにある自席へと戻った。

「えらいことになったな」

滅多なことでは動揺を見せない城木も、珍しく困惑した様子だった。

「ああ、国会名物『重箱ツツキ』と言われた長野三瓶だ、どこをどう突っ込んでくるか知れたもんじゃない」

「何かミスがあれば、袋叩きになるのはウチってわけか」

「そういうことになるな。でもやるしかないだろう。俺達はまさに宮仕えの身だからな」

「考えようによっては、これこそ官僚の腕の見せ所かもな」

「ああ……城木、おまえは資料の整理の方を頼む。俺は質問事項を一つ一つ検討して叩き台になりそうなラフ案を作る」

「分かった」

こうなった以上、事は一分一秒を争う。無駄話をしている暇はない。なにしろ国会質疑は明日なのだ。

自席に着いた宮近は、ＰＣの電源ボタンを押しながら渡された質問リストに目を通した。

「うわっ」

思わず声が出た。

まさに重箱の隅をつつくが如き細かさだ。これに対する答弁を明日までに作らなければならないのか。

目眩がした。今夜は徹夜になるだろう。当然家にも帰れない。

官僚の腕の見せ所。確かにそうかもしれないと思う。

上層部に因果を含められて特捜部に来たが、いつまでもこんなところにいたら警察官僚としてはおしまいだ。現に同期の連中からは、城木ともども「あいつらは終わった」と陰口を叩かれている。キャリア官僚にとっては、人事の出世コースをつつがなく上っていくことこそが重要なのだ。

今自分達に与えられたこの難題をクリアすることは、再び本来の出世コースに戻れるまたとないチャンスかもしれない。うまく行けば、妻や娘の冷たい視線も今日明日限りで回避できる。

そう考える一方で、万一しくじったりでもすれば、出世の見込みはそれこそ完全に断たれてしまうのではないかという恐怖を覚える。

ダメだ、今はそんなことを考えている場合じゃない——

宮近は我に返ったように猛然とキーを叩き始めた。


会議室には、夏川班と由起谷班の捜査員達がすでに集まっていた。組織犯罪対策部第四課から出張《でば》ってきた捜査員も二十名ほど、恐ろしげな顔を揃《そろ》えて後方の席に陣取っている。警察組織内で疎外されている特捜部だが、ロシアン・マフィアによる武器密売事案を契機に、組対とは比較的良好な関係を保っていた。それでも行き違いや軋轢は多々あったものの、双方の努力もあって捜査はなんとか順調に進展し、上部団体幹部の逮捕も視野に入れた最終局面に漕ぎ着けたのである。

夏川にとっては感無量としか言いようがない。それは由起谷班や組対の面々にとっても同じだろう。

ドアが開き、沖津特捜部長と組対四課の黒瀬《くろせ》課長が入室してきた。一同は起立して二人の幹部を迎える。

直立不動の姿勢を取りながら、夏川は内心で首を傾げた。

あれ、宮近さんは——それに城木さんも——

常に沖津部長に付き従う二人の副官が、今日に限って揃って欠席とは。それも捜査が山場を迎えたこの大事なときに。朝、宮近理事官に報告に行ったときの口ぶりでは、てっきり捜査会議に出席するものだとばかり思っていたのだが。

一同の着席を待って、沖津部長が口を開く。

「城木理事官と宮近理事官は公務により本事案から一時外れることとなった」

公務だって？　警察官にとって、眼前の事件以上の公務があるというのか？

沖津はそれ以上言及せず、すぐさま本題に入った。

「一連の抗争を指揮してきたと見られる田部井組幹部春田謹三《きんぞう》、村橋久利生《むらはしくりお》及び茂原会幹部佐藤良太《さとうりょうた》、山川格治《やまかわかくじ》らの容疑が固まった。令状の到着を待って、今夜中に逮捕する」

夏川は即座に頭を切り換える。日々の努力が今夜ついに実ろうとしているのだ。

「逮捕後は全員を厳しく追及し、背後に控える摩耶組と京陣連合に斬り込む足がかりとする。これは警察全体の総意である。皆、そのつもりで取り組んでもらいたい」

一同の間から無言の気合が立ち上った。


会議終了後、一同は興奮した足取りで急ぎ退出していく。

先頭を行く夏川に、後ろから部下の本間《ほんま》が声をかけてきた。

「どうしたんでしょうね、今日の……」

「宮近さんと城木さんか」

すぐに察した夏川に、

「ええ、部長は公務とか言ってましたが、よりによってこれから正念場だってときに……今は組対とうまくいってるからいいですけど、なにしろ荒っぽい連中ですから、一旦こじれたりしたら……」

「きっと何か大事な用でもあるんだろうよ」

「そうかもしれませんが、上はやっぱり現場のことなんて、どっか軽く考えてるんじゃ……」

「馬鹿野郎、そんなこと言ってる場合か」

不安そうにこぼす本間を、夏川はあえて叱咤する。

「部長が了承してるんだから、調整は上に任せとけばいいんだ。それより、今は今夜の手入れのことだけ考えろ。よけいなことに気を取られて、マル被《ヒ》（被疑者）を逃がしたりしたら承知せんぞ」

「はいっ、すんませんしたっ」

本間は大声で謝ると、他の仲間達と一緒になって慌ただしく階段を駆け下りていった。

その後ろ姿を見送って、夏川はため息をついた。

やはり、思いはみんな同じか——

2

午後五時五十七分。

「そら、これが昨年十一月の分。大体の整理はしてある。特に重要なものには赤い付箋、その次に重要なものには青い付箋を付けてある。目を通しておいてくれ」

宮近のデスクの端に、城木がファイルの束を積み上げる。

「分かった」

宮近はディスプレイを睨んだまま振り向かずに返事する。

二人の席は同じ室内にあるが、パーティション代わりに配置されたロッカーや書類棚が迷路のように曲がりくねった通路を形成しており、実際の広さ以上に隔てられている。その間を互いに行ったり来たりするのは大変だった。夕刻から夜にかけてはまだまだ冷える季節だが、二人ともとっくに上着を脱いで、シャツの袖をまくり上げている。

傍らの質問リストと対応するようにタグ付けしながら、宮近はPCに答弁の草稿を打ち込んでいく。

リストを熟読すればするほど、言いようのない脱力感を覚える。すべてとまでは言わないが、ほとんどが警察の揚げ足取りに終始するような質問ばかりだ。問題の本質を衝いているどころか、遠くかけ離れている。国民に対するアピールや人気取りだけを頭に置いて作成されたものとしか思えない。

それが政治家という人種であると分かってはいたつもりだが、自らの部署が喫緊《きっきん》の事案を抱えているというときにこうして貴重な時間を取られているのかと思うと、よけいに怒りが募ってくる。

自分達だけでは判断に困る箇所にぶつかれば、適宜警備局の担当者である内藤《ないとう》理事官に電話し、指示を仰がねばならない。気を遣うことこの上ないので、それだけでも体の芯から疲労を覚える。

きりのいいところ——と言ってもまだ全体の四分の一にも達していないが——まで仕上げた草案を城木のＰＣに転送すると同時にプリントアウトし、紙の束をつかんで今度は自分が城木の席まで行く。

「おい、こんな感じでどうだろう」

声をかけると、汗だくになって書類の束と格闘していた城木が顔を上げた。

捜査班主任の由起谷警部補と並び、女子職員の人気を二分すると言われる城木だが、乱れた前髪が額に垂れ、さすがに普段よりはやつれて見える。自分はもっと酷いだろうと思いつつ、宮近は手にした書類を城木に差し出した。

やつれた横顔もさまになりすぎている同僚は、すぐさま書類に目を通し、

「うん、大筋はこの線でいいと思うが、ロシアン・マフィアにつけ込まれる原因となった

閑上経済特区の、そうだな、主に治安上の問題点について、もう少し触れておいた方がいいんじゃないか」

「なるほど、確かに」

城木の指摘はいつもながら的確である。東大時代から、宮近はこの親友には一目も二目も置いていた。元大物財務官僚の父と、新進政治家の兄を持つ彼は、名門の家系を決して誇ることなく、いかなるときも温厚で控えめな態度を崩さない。それでいて頭脳は同期の誰よりも明晰であるから、宮近も彼にだけは敵わないと思っている。

「俺の方でも経済特区の資料はできるだけ整理しておくから、その調子で頼むよ」

「分かった。任せてくれ」

自席に引き返す途中、宮近は急に思い立って携帯端末を取り出しながら執務室を出た。非常階段に通じるドアを開け、外で自宅の番号を選択し、発信ボタンを押す。

〈はい、宮近でございます〉

妻の雅美がすぐに出た。

「俺だ、今晩は帰れそうもないから、先に寝ててくれ」

〈えっ、またなの〉

雅美の口調が一気に変化する。

「急に大事な仕事が入ったんだ。仕方ないだろう」

〈だったらどうしてもっと早く連絡してくれないの。もう晩ご飯の支度、済んでるのよ〉

「悪い。手が放せないほど忙しかったんだ」

〈久美子はお父さんと一緒に食べるって、さっきからずっと待ってたのに〉

「えっ……」

一言もなかった。

〈ねえ、明日はちゃんと来られるんでしょうね？〉

「それは大丈夫だ。発表会は四時からなんだろう？　いくらなんでもそれまでには帰れる」

〈本当なの？　久美子が演奏する曲、ちゃんと覚えてる？〉

「モーツァルトの……」

ど忘れした。

〈ピアノソナタ第15番K．５４５。あなた、ほんとに大丈夫なの？〉

「大丈夫だと言ってるだろう。15番はモーツァルトの旧全集の番号で、新全集では16番になってるから、ちょっと混乱しただけだ」

〈どうかしらね〉

「ちょっと久美子に代わってくれないか」

電話の向こうで、久美子、お父さんよ、と呼びかける妻の声が小さく聞こえた。期待したような弾んだ返答は聞こえなかった。

〈お父さん、今日も帰らないの?〉

娘が出た。

「ああ、ごめん、急なお仕事でね」

〈ふうん〉

「明日の発表会はちゃんと行くから心配するな」

〈いいよ、無理しなくて。別に心配してないし。城木のおじちゃんだけ来てくれればいいから〉

ショックだった。

久美子は以前から城木のファンである。発表会のことは城木にも話してあって、顔を出すよと言ってくれてはいたし、久美子もそれを楽しみにしていた。しかし父親はどうでもいいと、こうまであからさまに言われると、もうどのように対応していいのかさえ分からない。

城木も同じ仕事をしているのだから、行くも行かないも自分と一緒なのだが、小学二年生の娘にそんなことをくどくど言う気力もなかった。

〈……もしもし、あなた、聞いてる?〉

電話の声はいつの間にか妻に戻っていた。

「ああ、聞こえてる。もう切るぞ。明日に備えて今夜は早めに寝ろって久美子に言っといてくれ。じゃあな」

通話を切り、ハンカチで額の汗を拭う。

なんだ、チクショウ、一体なんだって言うんだ、こっちの気も知らないで——

心の中で憤慨しつつ画面に表示された時刻を見て、携帯を取り落としそうになった。

もうこんな時間か——

ハンカチと携帯端末をポケットにしまいながら、慌てて屋内へと引き返した。


午後七時六分。捜査班のフロアでは、各員が被疑者逮捕に向けて慌ただしく最後の準備を進めていた。

「夏川主任！」

不意に大声で呼びかけられ、自席で部下の深見《ふかみ》と打ち合わせ中だった夏川は背後を振り返った。

息せき切ってフロアに駆け込んできたのは、やはり自班の部下である山尾《やまお》であった。

「どうした」

「主任、たった今、成瀬《なるせ》から連絡が入りました。春田は依然江戸川区大杉のパチンコ店跡に潜伏中ですが、そこにどうやらキモノが隠匿されているらしいとのことです」

「なんだと！」

思わず立ち上がっていた。

「〈らしい〉とはどういうことだ。はっきりと正確に話せ」

「はいっ、田部井組関係の情報収集に当たっていた成瀬の報告によると、武器の調達を担当している三次団体のチンピラが、中国製のトカレフ拳銃数十挺の他、密造のキモノを確かに田部井組に納品したと話していたということです。若頭の春田は、キモノで茂原会にカチコミをかけるつもりではないかと」

キモノとは警察特有の隠語で、機甲兵装全般を指す。

周囲には夏川班だけでなく、由起谷主任をはじめとする由起谷班も全員集まってきていた。中には連絡係として特捜部庁舎に詰めていた組対の刑事の顔もある。

皆顔色が変わっていた。

夏川は自分の携帯を取り出し、発信ボタンを押す。

携帯を耳に当てたまま、夏川は苛立たしげに周囲の面々を見渡す。

早く出ろ、成瀬――

ようやく応答があった。

「俺だ、今山尾から聞いた。状況を詳しく話せ」

怒鳴るように促す。

「……どうして今頃になって……うん、うん……それで、情報の確度は……ウラは取れてるのか……」

由起谷らが固唾を呑んでこちらの通話を見守っている。

「よし、分かった……それ以上はネタ元に手を出すな……こっちの動きを気づかれるとまずい……おまえはそのまま監視を続けてくれ。船井《ふない》と蔵元《くらもと》を応援にやる。場所は……うん、分かった」

片手でデスクの上にあったメモパッドに成瀬の現在位置を書き留めた夏川は、携帯を切ると同時にメモを引きちぎって近寄ってきた船井に無言で差し出す。

受け取った船井は蔵元とともに急ぎフロアから走り出ていった。

夏川は組対の連絡員に向かい、

「状況は聞いた通りだ。ただちに部長に報告して指示を仰ぐ。そちらには部長から連絡してもらうので、少しの間だけ待ってほしい」
一、二秒の間を置いて、組対の刑事は頷いた。
「了解しました」

次いで夏川は由起谷に目で合図した。

言葉を交わす必要もない。二人は連れ立って部長の執務室に直行した。

報告を受けた沖津は、すぐさま警電を取り上げ、組対四課の黒瀬課長に連絡した。

およそ十分あまりの協議ののち、受話器を置いた沖津は、デスクの前に控える二人の部下に対し、険しい表情で指示を下した。

「今夜中に春田らを逮捕するという方針に変更はない。しかし、連中がキモノまで用意しているとなると万全の対策を取る必要がある。君達は手入れまでに田部井組が所持していると思われるキモノの台数、機種等について、できるだけ詳しい情報を集めてくれ。京陣連合に関する調査は組対に任せる。こちらから四課には誰が行っている」

「三好《みよし》です」

夏川は連絡員として組対側に詰めている捜査員の名を即答した。

「彼には相互の連絡を密にするよう伝えろ。すぐにかかってくれ。突入班には待機命令を出しておく」

内線電話を取り上げる沖津に一礼し、二人は早足で退出した。


執務室に戻った宮近を、蒼白になった城木が待ち構えていた。

「おい、どこへ行ってたんだ」

「え、ああ、ちょっと家に電話を……」

「そうか、それより大変だ。今部長から連絡があった。田部井組はキモノを用意しているらしい」

「なんだって！」

国内治安に関する国会答弁の前夜――最悪の場合は当日――に、機甲兵装を用いた事件が突発したりすれば警察の面目は丸潰れだ。答弁の作成に当たった自分達もただでは済まない。

「今ウチの捜査班が全力で当たっている。念のため、茂原会の方も組対が確認中らしい」

「じゃあ俺達も」

いや、と城木は首を振り、

「こっちはあくまでメモ出しに専念しろと部長に釘を刺された」

「そうか……」

現場には現場の仕事があり、官僚には官僚の仕事がある。当然であった。事件の推移に関係なく、メモ出しを進めておかなければ、国会答弁ができなくなる。国家公安委員長を国会で立ち往生させるわけにはいかない。

二人はすぐさま自分達の仕事を再開した。

3

「おい城木、ＩＲＡの分派に関する添付資料はもう少し整理した方がいいんじゃないか。例えばＩＲＦだけに絞るとか」

「そうかな、これくらいないと北アイルランドのテロに関する状況を正確に把握するのは難しいと思うんだが」

「確かにそうだが、肝心の公安委員長がその場で理解できなかったら意味ないぞ。それに、今回の質問趣旨からするといくら長野さんでもそこまで突っ込んでくる余裕はないだろう」

「うーん、よし、ちょっと待ってくれ。できるだけ削ってみる。その間に、おまえはこっちをもう一度チェックしといてくれないか」

「分かった」

午後十時十四分。互いに作成した草案と資料を一通りチェックし終え、宮近はその場で長官官房総務課に連絡を入れた。

約三十分後、警備局警備企画課の尾澤宏志《おざわひろし》係長と国際テロリズム対策課の北本康一《きたもとこういち》係長が新木場に到着した。

彼らを執務室に招き入れた宮近と城木は、早速応接用のテーブルを囲んで草案すり合わせの協議に入った。

尾澤も北本もまだ若く、宮近と城木にとっては国家総合職（旧国家公務員Ⅰ種）採用の後輩に当たる。総合職の係長は、警察庁内では〈見習い〉と称される若手扱いであるが、階級はともに警部である。

「ここは単に『配慮していた』ではなく、『最大限の警戒を行なっていた』に変更した方がいいのでは」

「それにここ、『対策の遅れ』と認めてしまえば警察が非難されるおそれがあります。そういう言質を取られかねないような文言は避けて下さい。ご一考をお願いします」

「その次の項目ですが、具体的な対応策を、もう二、三個くらい追加で足しておいて下さい」

草案を手にした二人は、口々に細かく指摘し始めた。

彼らが特捜部を見下しているのは明らかで、先輩に対する態度としては慇懃無礼を通り越して尊大でさえあった。

二人とも理不尽且つ官庁エゴ剝き出しの要求を遠慮なく繰り出してくる。

こっちにメモ出しを押し付けておきながら勝手なことを——

さすがに宮近も腹立ちを抑え切れなくなってきた。

「この、武器密売事案で宮城県警の対応が遅れた理由に関する部分ですけど、ここは全部サクって下さい」

尾澤は平然と口にした。『サクる』とは、官庁用語で『削る』ことを意味している。同音異義の漢字による間違いを避けるため、基本的に音読みで発音する法制局の慣習に由来する。

城木は驚いたように、

「待ってくれ、それじゃ事態の推移が国民に伝わらないじゃないか」

「城木さんねえ、失礼ですが、あなた、官邸のゴタゴタを国民に伝えてどうするんですか」

「しかし、それでは全部宮城県警の失態ということになってしまう」

「いいじゃないですか、それで。本部長の今野《こんの》さんの人事については充分に考慮してますし。何か問題でも？」

彼らの主張は組織のエゴそのものであったが、同じ警察官僚としては一概に否定できない。城木は黙った。

宮近は慌てて双方を取りなすように、

「分かった、そこは備局の顔を立てておく。よし、じゃあ次に行こう。国内の治安状況の分析、そこは問題ないな？」

尾澤と北本が顔を見合わせる。

「ここは……細部が複雑すぎますので……一旦持ち帰って上司に聞いてみませんと……」

尾澤の歯切れが悪くなった。彼の上司とは小野寺課長補佐のことである。

「そうか、じゃあ俺から直接小野寺に聞いといてやるよ。君達には荷が重かったかな」

宮近の皮肉に、今度は二人が黙り込む番だった。


一時間ばかりの打ち合わせののち、尾澤と北本は不快そうな表情で帰っていった。

ぐったりとソファにもたれ込んだ宮近と城木は、しばらくは口を開く気力もなかった。

「宮近」

不意にくっくっと笑い出した城木が、いかにもおかしそうに言った。

「『君達には荷が重かったかな』はよかったな。おまえもなかなか言うじゃないか」

「あれくらいはいいだろう。小野寺もあんな使い走りの小僧なんかよこしやがって。俺が本庁に戻ったら、二人ともせいぜいアゴでこき使ってやる」

声を出して笑っていたとき、ノックの音がした。

「失礼します」

入ってきたのは、庶務担当の桂絢子《かつらあやこ》主任であった。

二人は驚いて身を起こし、

「桂主任、まだ残っていたのか。もう十二時近いぞ」

城木の問いに、絢子はにっこりと微笑んだ。

「特捜部全体がこんな大変なときに、私だけ帰るわけにはいきませんわ」

「しかし、君」

「お仕事が一段落したようだったので、ちょうどいいかなと思ってお持ちしました。これ、お夜食に召し上がって下さい」

そう言って手にした盆を差し出した。その上には二つの小鍋が載っている。

「さ、冷めないうちにどうぞ」

勧められるままに宮近と城木はテーブルの上に置かれた小鍋の蓋を取る。鍋焼きうどんだった。海老の天ぷらこそ入っていないものの、葱に油揚げ、玉子やかまぼこが絶妙に配置され、食欲をそそる湯気が立ち上っている。

「これは、もしかして、君の手作り……？」

顔を上げた宮近に、

「お口に合えばいいんですけど」

さすがだ——さすがすぎる——

宮近は呻いた。部内では城木と並んで『気配りの双璧』と呼ばれる桂主任である。その気配りが今夜はことのほか身に沁みた。

「ありがたくいただきます」

二人は割り箸を取って早速うどんを口に運ぶ。

うまい——

宮近はさらに感嘆した。店屋物でもない、ましてや保存料と化学調味料にまみれたコンビニの味でもない、正真正銘の手作りの味だ。妻の雅美には、到底この味は出せないだろう。

「あ、今お茶を取ってきますね。ごめんなさい、一人では一度に持って来られなくて。ウチの子達は捜査班の人達におにぎりの炊き出しで手一杯なんですの」

〈ウチの子達〉とは、桂主任の部下である三人の庶務担当職員を指している。いずれも二十代の女性である。

「あ、どうかお構いなく」

城木が声をかける前に、絢子はドアの外に消えている。

「いや、凄いな、あの人」

「なにしろおまえと並ぶ『気配りの双璧』だからな」

「よせよ、俺なんかあの人の足許にも及ばんよ」

桂主任は内部管理部門である警務警察の出身で、特捜部に配属される以前は『警視庁の名花』と謳《うた》われていた。

「あの人も沖津さんに引っ張られたクチだろう?」

「さあ、詳しくは知らないが、たぶんそうじゃないかな」

油揚げをかじりながら城木が答える。

「部長の眼力も凄いが、あの人もなんでわざわざウチなんかに来たんだろうな」

「さあな、それこそ特捜部最大の謎なんじゃないか」

「ウチには〈最大の謎〉が一体いくつあるんだよ」

互いに軽口を言い合いながら、しばし夢中でうどんを啜る。

うどんの温かさが全身に行き渡るにつれ、宮近は遠く懐かしいような、不思議な感覚にとらわれた。

「おい城木、こうして夜中に鍋焼きうどんを食っていると、なんだか受験勉強をやってた頃を思い出さないか」

「うん、俺も今そう思っていたところだ。なんでだろうな」

「このうどんのせいかな。まさに〈おふくろの味〉って奴だ」

「桂女史は俺達とほとんど同じ歳だろう。おふくろは失礼なんじゃないか」

「でもなあ、他に言いようもないしなあ」

「それが失礼だっていうんだよ」

「すまん。でもあの歳でこんな味が出せるとは、やっぱりタダ者じゃないぞ」

「それについては同感だ」

「名家の子女だと聞いていたが、意外と実家がうどん屋だったりしてな」

「その発想はなかったよ」

警備局担当者との不愉快なやり取りも忘れ、二人は温かく満たされた気持ちになってうどんの汁を飲み干した。

「さあ、もうひとがんばりだ」

宮近はすっかり生き返った気分で箸を置き、城木とともに立ち上がった。


午前一時四分。現場で監視続行中の捜査員を除く主だった面々が会議室に集合した。

正面の雛壇には沖津特捜部長、門脇《かどわき》組対部長、黒瀬組対四課長が顔を揃えている。

しかし、宮近、城木両理事官の姿はやはりなかった。

二人ともまだ帰宅していないと先ほど職員から聞いた。

庁舎にいるのなら顔くらい出せばいいのに――

夏川は多少の苛立ちとともにそんなことを思った。

「田部井組が隠匿するキモノは、下部組織構成員の証言からパキスタン製第一種機甲兵装『スラスト』の密造コピー『ホッブスラスト』二機と判明」

夏川班の深見が立ち上がって報告する。

室内に緊張が走った。

「しかし、隠匿場所は春田の潜伏するパチンコ店跡ではなく、葛飾区新小岩の貸し倉庫と判明。現在監視下に置いていますが、田部井組の見張りはついていません。つまり、春田の身柄確保には影響ないものと考えられます」

　続いて、組対四課から真島《まじま》主任の報告。

「茂原会の武装は主に小火器が主体で、キモノを入手した形跡は一切確認できませんでした。また茂原会構成員にはキモノを扱える者はおらず、上部団体の京陣連合や外部から助っ人を呼んだ形跡もありません。従って、こちらも茂原会幹部の逮捕に支障はないものと考えられます」

　一同の間から、安堵のため息が漏れ聞こえた。

　緊張の緩みを引き締めるように、沖津が鋭く発する。

「十分前に地裁から令状が届いた。マル被の逮捕は全員予定通り行なう。特捜は田部井組幹部が潜伏している江戸川区大杉のパチンコ店跡、組対は練馬区北町の茂原組事務所。キモノはないが、組員は全員武装しているものと考えられる。逮捕に当たっては充分に注意するように。突入班は万一に備え二班に分かれて双方の現場で待機。また新小岩に隠匿されているキモノに関しては、所轄である葛飾署に応援を要請し、マル被逮捕と同時に押収する。以上」

　午前三時五十九分。草案修正の進捗は最終局面を迎えていた。

　尾澤、北本ら警備局側とも、その後何度も電話やファックス、それにメールを通じてやり取りし、少しでもフィニッシュに近づけようと折衝を重ねてきた。そのつど完成は遠のく一方に思えたが、必死の気迫でなんとかここまで持ってきたのだ。

しかし、それでも――

「わあっ、もう間に合わんっ」

デスクで猛然とキーを叩きながら、宮近は思わず叫んでいた。

「弱音を吐くな宮近！　まだ行ける！」

ロッカーや書類棚の向こうから、姿の見えない城木が応じる。

互いに声をかけ合いながら、草案の修正点をチェックする。

ともかくこれをやり切って、明日は大手を振って久美子の発表会に臨むのだ。

桂女史の注いでくれたお茶を一口飲んで、宮近は脇目もふらず邁進する。

急げ、急げ、急げ、急げ――それから、寝るな俺――

4

「できた……」

宮近はファイルを保存してからデスクの上に突っ伏した。

時刻は午前六時を回っている。執務室の窓は内部からふさがれているため、外の光は入ってこないが、すでに明るくなっていることだろう。

長い夜だった——

だがまだ終わったわけではない。よろよろと立ち上がり、プリントアウトした原稿を持って、城木の席に向かう。

城木もまた、最後の原稿をプリントアウトしているところだった。

「すっかり朝になったな」

声をかけると、城木は振り返って弱々しく微笑んだ。

「ああ」

「ついさっき部長から連絡があった。田部井組と茂原会の幹部を一網打尽にしたそうだ」

「そうか」

応接セットに腰を下ろし、互いの原稿をチェックする。

「よし、問題ない」

二つのファイルを合成し、資料のファイルとともに警備局に送信する。

「送信完了。後の添削は備局に任せればいい。俺達の任務もこれで終了だ」

答弁案を最終的に作成するのは、あくまで警備局である。そして警備局のフィックスした答弁案が総務課に提出されることとなる。

「気を抜くな宮近。俺達はまだ解除になったわけではないんだぞ」

「ああ、分かってる」

眠気覚ましに買ってきたドリンク剤を開栓しながら宮近は答えた。

『解除』とは、国会の質問内容が判明したり、文書等の作成が終了して、関係者が帰宅可能な状態になることを意味する。

今回は答弁内容が複雑且つ微妙であるため、万一に備え国会内の警察庁連絡室で待機するようにというのが警備局からの要請である。

二人はロッカーに常備している電気シェーバーで髭を当たり、髪を整え、シャツとスーツをパーティションの陰で新しいものに替える。

レク用の資料が詰まったノートPCを鞄に入れ、なんとか気力を奮い起こして部屋を出た。午前七時十五分。

エレベーターで一階に下り、正面口に向かっていたとき、宮近の内ポケットで携帯端末が振動した。

歩きながら取り出して表示を見ると、妻の雅美からだった。

「悪い、ちょっと先に行っててくれ」

「分かった、駐車場で待ってる」

城木を先に行かせ、正面口とは反対側の廊下に入って受信ボタンを押す。

「俺だ、どうした」

今夜は上出来だった――

夏川は数名の部下を引き連れ、心地好い充足感を感じながら特捜部庁舎に引き上げてきた。

由起谷班や組対とタイミングを合わせ、田部井組の春田と村橋、茂原会の佐藤と山川ら主だった幹部を根こそぎ逮捕した。逮捕状《フダ》の出ている田部井組若頭の春田らは言うに及ばず、他の者は凶器準備集合罪及び公務執行妨害罪だ。

沖津部長は調整のため現場から霞が関へ直行した。残りの部下達はいずれも所轄に留置された被疑者や参考人の聴取に当たっている。由起谷班は葛飾署とキモノの押収、それに現場検証だ。

なにしろ昨日から全員不眠不休で取り組んできたので誰もが疲労の極《きわみ》に達している。とりあえずは交替で休むことになった。すぐにでも官舎に帰って眠りたかったが、至急処理すべき案件が残っているので、最小限の部下を連れて一旦庁舎に戻ってきたというわけである。

ともかく、今夜はうまくいった――

エレベーターホールに向かおうとしたとき、夏川は急に喉の渇きを覚えた。

「みんな、先に行っててくれ。俺は二階の自販機でなんか買ってから行くよ」

深見がにやにやしながら言った。

「缶コーヒーですか」

「バカ、それだけは買わん」

一斉に噴き出した部下達と分かれ、夏川は一人階段の方へと歩き出した。

そのとき、誰かの声が聞こえてきた。

「……だから大丈夫だと言ってるだろう。何回言わせるんだ」

足を止めて声の方を見ると、宮近理事官の背中が見えた。携帯で話している。

「国会答弁は午前中の予定だ。久美子の発表会までには終わってるよ……そうだ、俺が答弁書を書いたんだ……ああ、一睡もしてないよ。公安委員長の答弁書だぞ。寝てなんかいられるもんか」

通話の相手は奥さんらしい。

聞いては悪いと思い、すぐにその場を去ろうとしたが、なぜか足が止まってしまった。

「俺だけじゃない、城木も、それに、そうだ、捜査員も……例の暴力団抗争な、あれはもう心配は要らん、ウチの捜査員が全員逮捕したからな……新聞に載ってないのは朝刊に間に合わなかったからだろう、テレビを見ろ、テレビを……そうだ、ウチの手柄だ。みんな警察官として必死に頑張ってくれたんだ……とにかく、俺は国会から直接会場に行くから、久美子には落ち着いて弾くように伝えてくれ。普段の通りやればいいってな……それで出番は何番目なんだ……いや、大丈夫だって、念のために訊いただけだって……そうか、分かった……じゃあ、もう切るぞ」

携帯を切って歩き出した宮近と、正面から出くわす恰好となった。

「おお、夏川君」

宮近は屈託のない表情で、

「聞いたぞ、よくやってくれた。大手柄だ。妻も喜んでたよ。これで安心して娘と一緒に外を歩けるってな」

「はあ、はい……」

「だいぶ疲れてるようだな。まあ当然か」

「はあ」

「すぐに慰労の打ち上げと行きたいところだが、俺も急用があってな。今から出なければならないんだ」

「いえ、こちらのことはどうかお気遣いなく」

「日を改めて今度またゆっくりやろう。それじゃ、悪いがこれで」

せかせかと正面口へと向かう宮近の背中に向かい、夏川は深々と一礼した。

「ありがとうございます。お疲れさまでした」

そして同時に、心の中で詫《わ》びていた。

申しわけありませんでした、理事官――

5

午前九時の永田町、国会議事堂内にある警察庁連絡室には、陪席する海老野武士《たけし》警備局長の他、警備局各課の課長と理事官が顔を揃えている。

「……それから、次の項目にあります、テロ対策における国際連携の実態についてでありますが……」

答弁内容の詳細と注意点について、宮近は城木とともに大いに緊張しつつ海老野警備局長に説明した。

局長は、うむ、うむ、と頷きながら聞いている。さすがによけいな質問を挟むことはほとんどない。大体の内容はすでに把握しているようだった。

局長の顔色の優れぬことが少し気にはなったが、自分と同じく緊張しているのかもしれないと宮近は思った。

午前九時三十分、氏家謙二朗《けんじろう》国家公安委員長が、板東正智《ばんどうまさとも》秘書官を伴って入室してきた。

板東秘書官は海老野局長とともに陪席する予定である。

「答弁の作成者は」

簡単な挨拶の後、公安委員長は室内を見渡して鋭く言った。

「私です」

内藤理事官が胸を張って返答する。

「警備企画課の内藤鉄夫《てつお》です」

「答弁書にある武器密輸の実態だが、特に東南アジアから入ってくる武器について、添付されている資料の数字と若干食い違いがあるように思う。この点はどうなっているのか」

「えっ……」

内藤は絶句した。

「それは……あの……」

口ごもる内藤の様子を見て、公安委員長はすぐに察したようだった。

「もういい。実際に作成した者は」

海老野局長に目で促され、宮近と城木は若干ためらいつつも一歩前に出た。

「君達は、そうだ、確か……」

「警視庁特捜部理事官の宮近です」

「同じく理事官の城木です」

ほう、と公安委員長は目を丸くして、

「警視庁の部局が答弁作成の下請けとは珍しいな」

しかしすぐにまた厳しい表情に戻り、

「で、どうなってる」

宮近は即答した。

「ご指摘の数字は、税関の資料を元にしたものです。現行法に抵触しない形でパーツに分解され、国内で組み立てられた機甲兵装等は含まれておりません。それらにつきましては、機特法（機甲兵装の取扱に関する特別法）の運用について触れた次の項目で詳述しております」

板東秘書官がすぐに答弁書の該当項目を開いて公安委員長に差し出す。

それに目を走らせた氏家は納得したように大きく頷き、

「ご苦労だった、宮近君、城木君」

そしてこう付け加えた。

「非常によくまとめられた答弁書だったよ。噂には聞いていたが、優秀だな、君達は」

その言葉だけで一晩の苦労が報われたような気がした。

「ありがとうございます」

国会は午前十時開会である。

その十分前、氏家国家公安委員長を中心とする一行は立ち上がって連絡室を出ようとした。

板東秘書官がドアノブに手をかけたちょうどそのとき、背後で大きな音がした。

驚いて振り返ると、海老野局長が床に倒れて苦悶していた。真っ青になって、脂汗を浮かべている。

「局長！」

駆け寄った一同が、口々に声をかけながら海老野を抱き起こす。

「大丈夫ですか、局長！」「しっかりして下さい！」「医者を呼べ、早く！」

すぐに駆けつけてきた衛視（警備員）と医務班によって、海老野は病院へと搬送された。

どうやら急性の胃腸炎であるらしい。

顔色がよくなかったのは、それまで痛みをこらえていたせいだったのだ。

搬送される海老野を見送り、板東が氏家を振り返った。

「どうしますか」

開会時間は迫っている。急ぎ代わりの陪席者を立てねばならない。

全員が黙り込む。然るべき地位と階級にある人物を呼び、なお且つレクを行なう時間などあろうはずもない。

「君が出たまえ」

氏家公安委員長はまっすぐに宮近を見据えて言った。

「は？」

言われたことの意味をすぐには理解できず、宮近は我ながら間抜けな声を上げた。

「お待ち下さい」

警備局外事情報部国際テロリズム対策課の宇佐美《うさみ》京三《きようぞう》課長であった。

「警視庁の理事官が答弁に陪席するのは、いくらなんでも異例すぎます」

「他に適任者がいるとでも言うのかね、この中に」

公安委員長は参集した面々を見渡していった。俯いていた内藤がさらに俯く。

「そもそも警視庁に草案作りを任せたのは誰なんだね」

さすがに宇佐美課長も二の句が継げず黙ってしまった。

「宮近理事官、時間が押しています。さ、急ぎませんと」

有無を言わせぬ口調で板東秘書官が宮近を促す。

「えっ、ちょっ、待っ――」

動転する宮近の肩を城木が叩いた。

「しっかりな、宮近」

オマエなあ、と怒鳴りたくなるほど爽やかで力強い笑顔であった。

もはや観念するしかなかった。と言うより、公安委員長に指名された時点で、官僚として選択肢はまったくない。

宮近はふらつく足を無理やり踏みしめるようにして長い廊下を歩んだ。

留置所に連行される容疑者はこんな気分なのだろうか――そんな見当違いのことを思いながら。


読経のような声が朦朧とした頭に響いてくる。

俺は今どこにいるんだろう――そうだ、国会だ、国会の参議院第一委員会室だ――

公安委員長の背後の席に板東と並んで控えた宮近は、ようやく状況を認識し始めた頭で考えを巡らせる。

ここまで来たら覚悟を決めて乗り切るしかない。あくまで官僚として己の職分を果たすのみだ――

最初の質問は「少子化対策基本法について、長時間労働の防止、待機児童の解消、性的差別の撤廃、女性の地位向上等の施策に関する質問」であり、答弁者は葛西《かさい》ひで代《よ》少子化対策担当大臣。野党側も有権者に対するアピールのため半ば義務的に提出した質問であり、大した波乱はないものと予想された。

自分の担当した懸案の質疑はその次である。

それが終われば間違いなく解除だ――宮近は背筋を正してひたすらそのときを待つ。

しかし、すぐに終わるかと思われた最初の質疑が終わらなかった。

野党議員の早口による質問に対し、葛西大臣の答弁は極めて歯切れが悪く、いたずらに長いだけでどうにも要領を得ない。それどころか、そもそも話が微妙に嚙み合っておらず、双方が苛立ちを隠せぬ険悪な雰囲気のまま、質疑は遅々として進まなかった。

答弁者による答弁中も質問者の持ち時間が費消される、いわゆる〈往復方式〉の衆議院と違い、〈片道方式〉の参議院では、質問者の質問時間のみによって質疑の残り時間が計算される。

従って政府側である葛西大臣に、俗に言う〈牛タン戦術〉を取るメリットは何もない。質問の本質をよく理解せずに答弁書を作成した官僚も悪いが、この喋り方が大臣特有の癖なのだ。野党側も怒りをこらえつつ何度も同じ質問をする羽目になる。

つまり時間だけが予定を大幅に超えて過ぎていくわけである。宮近は頭を抱えたくなった。

そんな調子で午前中の質疑は終わってしまい、休憩となった。

議員食堂でカニクリームコロッケの乗ったオムライスを口に運びながら、宮近は考えた。

久美子の発表会場は青山だ。開演時間は四時。公安委員長への質疑は午後一番に始まる。問題ない。まだまだ大丈夫だ。充分に間に合う。

いや、もっと前向きに考えろ――今の状況こそ、まさに待ち望んだ出世、本庁復帰のチャンスではないか。

自らにそう言い聞かせ、気力を奮い起こす。

食後に猛烈な眠気が襲って来た。売店で買った眠気覚ましのドリンク剤を二本飲む。答弁中に居眠りでもしたら大事《おおごと》だ。

午後の部が始まった。

本来午前の部の二番目に予定されていた質疑からである。

質問者の長野議員が立ち上がってごく短い質問を発する。

委員長の指名を待って国家公安委員長が演壇に向かい、答弁する。答弁書通りの模範的な回答。問題はない。

「氏家謙二朗君」

しかし長野議員が即座に細かい突っ込みを入れてきた。しかも普段はどちらかと言うとゆっくりとした喋りの議員が、別人の如き早口である。自分の持ち時間を極力減らすことなく矢継ぎばやに質問を発し、相手の答弁からなんらかのミスを引き出そうという作戦のようだった。

再び演壇に立った氏家が応じる。堂々たる態度であった。

すかさず長野議員がさらに細かい突っ込みで攻めてくる。『重箱ツツキ』の面目躍如といったところか。

資料の束を手にした板東秘書官と小声で打ち合わせ、公安委員長が答弁する。なにしろ近年のテロ対策と国内治安問題は国民の注目度が違う。長野議員としてもここが追及のしどころと考えていることは想像に難くない。

対する氏家公安委員長もそれは承知で、真っ向から受けて立っている。

執拗に質問を重ねる長野議員と、なんとか隙を見せまいとする氏家公安委員長。

質疑は予想以上の長丁場となった。

「宮城での武器密売事件では『アルマース』なる外国企業の所有する地所に大量の武器弾薬が貯蔵されていたという事実があります。こうした外国企業による土地売買に関する実態はどの程度把握なさっておられますか」

長野議員が舌鋒鋭く質問する。

宮近は思わず膝の上に置いた掌を握り締めた。

悪徳ブローカーの詐欺《さぎ》的商法により、中国をはじめとする諸外国が民間企業や第三者の名義で日本の山林を密かに買い漁っているのは事実である。しかし、今日の質疑でその点に質問が及ぶとまでは想定していなかった。

「氏家謙二朗君」

公安委員長が演壇に向かう。その足取りは目に見えて重くなっている。

「その件に関しましては、我々としてもかねがね憂慮致すところであり、現在調査を進めている最中であります」

「長野三瓶君」

「具体的にお答え下さい」

「氏家謙二朗君」

「現在は約七〇パーセント程度の進捗であるとの報告を受けております。残りの三〇パーセントにつきましては鋭意調査に努めている最中でございます」

長野議員が即座に挙手する。

その口許に、老獪な笑みが浮かぶのを宮近は見逃さなかった。

何か仕掛けてくるぞ——

反射的にポケットからメモ帳とペンを取り出す。

「長野三瓶君」

立ち上がった長野議員は、じわじわと獲物を仕留めにかかる狩人の顔をしていた。

「閑上武器密売事件における宮城県警の初動の遅れについてご説明願います」

あっと内心で声を上げる。まさに警備局によって答弁案から削除させられた部分であった。当然資料の用意もなく、公安委員長には答えようがない。

「氏家謙二朗君」

「宮城県警は可及的速やかに関係各所の捜索を行ない、多数の被疑者を現行犯逮捕致しました。初動が遅れたという事実はありません」

席に戻る公安委員長の額にはじっとりと汗が浮いている。宮近の額にも。

「長野三瓶君」

長野議員はもはや誰の目にも明らかな笑みを浮かべていた。とどめの一撃を放つ前の笑みだ。

「宮城県警では問題の地所に新型機甲兵装まで隠匿されていた事実を知らなかったという厳然たる証拠があります。これでは外国人による武器持ち込みの実態を警察はまったく把握できてないとしか言いようがないじゃありませんか。この点についてはっきりとお答え願います」

時折野次の飛んでいた室内が、一瞬にして深山の如くに静まり返った。

席から立てずにいる公安委員長を、長野議員は勝ち誇ったように見つめている。

宮近は夢中で手にしたメモ帳にペンを走らせた。立ち上がって公安委員長の席に歩み寄り、背後から引きちぎったメモを渡す。

渡されたメモに視線を走らせた氏家が手を上げる。

「氏家謙二朗君」

毅然として演壇に向かった公安委員長は、落ち着いた口調で答えた。

「外国企業及び第三者名義の土地売買と、外国人による武器の国内持ち込みの規制とは、現在まったく異なる法令下にあります。現行法の下では、宮城県警がその努力にもかかわらず事前に察知し得なかったとしてもまったく無理からぬところでございます。この点につきましては、昨今の国内及び国外情勢に鑑み、国民の安全を第一に考え、警察を含めた情報共有の仕組みについて法令化も視野に入れ、早急に関係省庁との協議を始めたいと考えております」

質疑は終わった。警察組織は間一髪で罠を逃れ、狩人ならぬ『重箱ツツキ』は歯嚙みして巣に戻った。

「よくやってくれた。君のおかげで助かったよ」

第一委員会室を出た氏家は、宮近に向かって手を差し出した。

「はあ、いえ、そんな」

宮近にはその手を握り返すのが精一杯であった。

正直未だ信じられずにいる——いくら無我夢中であったとは言え、自分があんな大胆なことをやってのけたとは。

周囲を取り巻く警備局の幹部が、自分達の握手を複雑な目で見つめているのが分かった。

しかしこれで、発表会にはなんとか間に合う。

久美子の出番を訊いておいてよかった。幸い後半の部だ。モーツァルトで、ピアノソナタの何番だったか。いや、それはどうでもいい。今から行けばちょうど……

「では行こうか。君は私の車に同乗してくれ。城木君達には先に行ってもらった」

「……は？」

何かを聞き漏らしたのか。公安委員長の言っていることがよく分からず、思わず聞き返してしまった。

「海老野局長の見舞いだよ。その後は庁舎で早速打ち合わせといこう。君の提案してくれた情報共有の仕組みについて、もう少し詳しい話を聞いておきたい。さあ、急ごうか。時間は無駄にできんからな」

眼前で倒れた警備局長の見舞いであり、且つまた国家公安委員長直々の指名である。事ここに至って、宮近はついに観念した。

久美子、お父さんを許してくれ――

6

〈いやあ、凄かったねえ、宮近君。ホント見直したよ。特捜部で覚えたスタンドプレイだ

って批判する奴もいるけど、そんなの、やったもん勝ちだって〉

〈警視庁の理事官が国会答弁でメモを渡すなんて、まさに前代未聞の快挙だ。君は同期の誇りだよ〉

〈特捜に飛ばされたと聞いたときは正直、君ももう終わりかと思ったが、いやいや、その逆風を逆手に取るとは、策士だね君は。まさに官僚の鑑だ〉

〈宮近さんこそ将来の警察を背負って立つ人です。僕はもう一生ついていきます〉

同期の連中だけでなく、先輩や後輩からのメッセージで携帯のメモリは埋まっていた。ほとんどが宮近の偉業、と言うより蛮勇を讃えるもので、警察組織における彼の明るい将来を、口を揃えて保証していた。

本来なら興奮して舞い上がりそうな言辞の数々であったが、宮近はため息をつきながら帰りのタクシー内でそれらを聞いた。

家族からのメッセージが一つもなかったからである。

発表会はもうとっくに終わっているどころか、雅美も久美子も、すでに寝ていてもおかしくない時間になっていた。

あれだけ念を押されていたのに——あれだけ大丈夫だと答えていたのに——

久美子はきっと失望しているだろう。

この日のために、一生懸命練習していたことを宮近は知っている。

——だって、お父さん、最近ウソばっかりつくんだもん。

胸にあの耐え難い言葉が甦《よみがえ》る。

なんと言って謝ればいいのだろうか。小学二年生の娘に対し、どう接していいのかまるで分からなくなっていた。

妻と娘の視線が明日からさらに冷たいものとなるのか。そう思うと居たたまれなかった。


「おかえりなさーい」

悄然と自宅マンションに帰り着いた宮近を待っていたのは、予期に反して明るい娘と妻の笑顔であった。

「どうしたんだ、一体」

わけが分からず、目を白黒させた宮近は、最初に思いついたことを口にした。

「そうか、発表会で優勝したのか」

「バカね、コンクールじゃないんだから。お教室の発表会で優勝なんかないわよ」

笑いながら妻がお茶を淹れてくれる。

「でも、久美子はちゃんと上手に弾けたわよ。とってもよかったって先生が褒めて下さって」

「すまん、あれほど約束したのに、発表会に行けなくて」

「しょうがないよ、お父さん、お仕事だもんね」

常にない聞き分けのよさを見せ、久美子がＨＤレコーダーのスイッチを入れる。

国会の映像がモニターに映し出された。国会中継はすべて録画しておくのが宮近家の習慣であった。

疲れ切った体をリビングのソファに預ける。

こうしてテレビのモニターを通して見ていると、自分がその場にいたという事実が奇妙にも不可解にも思えた。

「……あっ」

ぼんやりと既視感満載の画面を眺めていた宮近は、不意打ちを食らったように驚きの声を上げた。

そこに映っていたのは、公安委員長にさっとメモを差し出す自分の姿であった。

ほんの一瞬ではあるが、カメラは鮮明にその様子を捉えていた。

「お父さん、テレビだとなんだかカッコよく見えるね」

久美子が嬉しそうに言う。

「発表会の後の懇親会でも話題だったのよ。宮近さんのご主人、凄いわねえって。淑子叔母様もよ。私、最初はなんのことか分からなくて、もうびっくりしちゃって」

雅美は近頃滅多にないほどの上機嫌だった。

妻も、発表会に集まった父兄も、官僚世界のルールは熟知している。階級で言えば警視でしかない警視庁の一理事官が国会に陪席し、あまつさえ答弁する公安委員長にメモを渡す。そのことの意味を皆が理解しているのだ。

久美子がリモコンで画面を巻き戻し、もう一度再生する。画面の中にいる自分は、いかにも間抜け面で頼りなげに見えた。

「ほら、うちにいるお父さんじゃないみたい」

「そうかな、実物の方がもっとこう、颯爽としてないかな」

思った通りの感想を述べると、妻と娘が同時に噴き出した。

その笑い声を聞きながら、これでよかったのだろうと宮近は思った。

化生

けしょう【化生】〔仏教〕四生《ししょう》の一つで、母胎や卵からでなく、自らの因縁、業力《ごうりき》によって忽然と発生すること。また天上と地獄、餓鬼の衆生はこの化生によって生まれるとも云う。

0

東京都武蔵野市吉祥寺北町の路上で、飼い犬二匹を連れて散歩中だった近隣住民が高級マンション『エンポリオス吉祥寺』脇の駐車場にパジャマ姿で倒れている中年男性を発見、所持していた携帯電話で一一〇番通報を行なったのは、夜が明けて間もない四時五十五分のことだった。

男性はただちに病院に搬送《はんそう》されたが、救急車の車内で死亡が確認された。死亡推定時刻は午前四時。身許はすぐに判明した。同マンションの十三階に居住する平岡嘉和《ひらおかよしかず》四十二歳で、経済産業省商務情報政策局情報通信機器課の課長補佐を務めていた。

所轄である武蔵野署による入念な初動捜査と現場検証の結果、マンション屋上からの投身自殺である可能性が高いと判断された。

遺書の類いはなく、ベッドの枕元には空《から》のボトルとグラスが転がっていた。酒を飲んで眠れぬ夜を過ごした平岡は、夜明けの光に気づき発作的に自殺を決意、スリッパを履《は》いたまま室内を出ると、防犯カメラの設置されていない非常階段から屋上に向かい、転落防止用フェンスを乗り越えて飛び降りたというのが武蔵野署の見立てであった。

自殺と断定されなかったのは、死亡した平岡が、旧財閥系の大手商社『海棠商事《かいどう》』を巡る一大疑獄事件の重要参考人と目されていたからである。

平岡は職務上海棠商事とのつながりが深く、複数回にわたって不適切な接待や金品の提供を受けていたことが報じられている。

マスコミは一斉に他殺説を取り上げ、世論《よろん》は沸騰《ふっとう》した。警視庁では武蔵野署に捜査本部を設置し、真相の解明に全力を挙げて取り組むことを表明した。

1

中央区にある大日本興商本社ビルを出た夏川と深見《ふかみ》の前に、スクエア型のサングラスを掛けた痩《や》せぎすの男が立ちふさがった。

「ちょっと話そうや」

男は路肩《ろかた》に駐まっている黒いバンを指差した。夏川らの背後にはいつの間にか目つきの鋭い二人の男が接近している。

　夏川と深見が無言でバンに歩み寄ると、中から後部のドアが開けられた。サングラスの陰気な男とその部下らしい二人に押し込められる恰好で、夏川達は奥の座席に座った。最後に乗り込んだ男がすかさずドアを閉め、ロックする。

「これはウチらのヤマだってことくらい、おまえらにも分かるだろ」

　前置きもなしに切り出した相手に、夏川は精一杯の皮肉で応えた。

「久し振りに会ったってのに、挨拶《あいさつ》の一言もなしか、え、牧野《まきの》」

「勝手に出てった野郎が、都合のいいときだけ元の同僚ヅラかよ」

　警視庁捜査一課の牧野知晴《ともはる》主任は、陰気な顔をさらに陰気に歪《ゆが》めて吐き捨てるように言った。車内の男達も一様に憎悪に満ちた視線で夏川達を睨《ね》めつけている。

　特捜部捜査主任を務める夏川大悟は元捜査一課で、特捜部の新設時に引き抜かれる形で異動したという経緯がある。

「それにな、これはもともと捜二《そうに》（捜査二課）のヤマでもある。この手の事案に関しちゃ、おまえらなんかの出る幕はねえんだよ」

　牧野の言葉に呼応するように、助手席に座っていた巨漢がわずかに振り返った。いかにも抜け目のなさそうな視線。捜査二課の末吉六郎《すえよしろくろう》係長だ。

「そもそもなんで特捜が出張ってんだよ、あ？　おまえらみたいな寄せ集めの素人に何ができる。事案が事案なんで、こっちも慎重にやってるってときに、勝手にかき回されたら全部台無しなんだよ。え、分かってんのか」

「刑事部だけが仲良しで、特捜は仲間外れってわけか。相変わらずセコい男だな、牧野」

「主任、ちょっと……」

挑発に真っ向から応じる構えの夏川を、部下の深見巡査部長が慌てて制止する。

夏川は深見の手を払いのけ、

「重大事件であれば独自判断で動けるのが特捜の身上だ。おまえらの狭い縄張り根性なんか知ったことか」

「おい、もういっぺん言ってみろ」

牧野が押し殺したような声で応じた。車内の捜査員達も色をなして一斉に腰を浮かせる。

「まあ、あんたらも仕事だしな。そりゃ上からやれって言われりゃやるしかないわな」

助手席の末吉係長だった。その巨体や眼光に反して、女性的な柔らかい声をしていた。

「夏川さん、ここんとこ動き回ってみてさ、あんたもいいかげん思い知ったんじゃない？　粗暴犯はなんとかなっても、ノウハウがないとこの手の事案はお手上げだって」

夏川は黙り込んだ。末吉の言う通りである。

捜査二課は贈収賄、詐欺、選挙違反、横領、背任などの知能犯を扱う。そのための捜査手法や人脈の蓄積が他の部署とは根本的に違っている。特捜にも捜二出身の捜査員がいないわけではないが、さすがに今回の事案は手に余った。現に、今日も財界の要人と面談するために大日本興商本社を訪れたのだが、収穫と言えるようなものは皆無であった。

通信事業への新規参入に絡む海棠商事の汚職事件は、もともと捜査二課の所管である。そこへ関係者の不審死が突発したため捜査一課も動員されることとなった。それだけでも部内の調整は大変だったろうが、さらに特捜部までもが割り込んだわけである。

元捜査一課の夏川には、実を言うと牧野の怒りは充分以上に理解できた。それだけに、今は特捜部という〈外部〉に身を置いた自分の視点から見ると、融通の利かない従来の警察組織の狭量さ、旧弊《きゅうへい》さが否応なしに目についた。

「沖津さんにもうまいこと言っといてよ。なんかあったらこっちからスジを通してお願いするからさ、それまではこれ以上引っかき回さないでくれってな」

バンのドアが開かれ、夏川と深見は車外へと下ろされた。その背後で大きな音を立ててドアが閉められたが、バンは動き出す様子はない。二人が去るのをじっと窺っているようだった。考えるまでもなく、彼らがここで張り込みをする理由はない。ただこちらを恫喝《どうかつ》するためだけに、捜一と捜二の現場指揮官が顔を揃えて待っていたのだ。

夏川は振り返りもせず歩き出した。深見も黙って後に従う。

平岡の死の真相を探るためには、背後にあると思われる汚職事件の解明が不可欠である。しかし、金と政治が絡み合う世界の捜査に、夏川らは得体の知れない妖怪の闊歩《かっぽ》する深山《しんざん》幽谷《ゆうこく》に踏み入ったような錯覚さえ感じていた。

新木場の特捜部庁舎に戻った夏川は、そのまま深見を伴って捜査会議に出席した。特捜部独自の捜査会議である。

夏川と深見が着席するとほぼ同時に、宮近、城木の両理事官を伴った沖津特捜部長が入室し、正面の席に着いた。

進行役を務める城木理事官に促され、夏川は無きに等しい今日の成果を報告した。

「それから、これは本来この場で報告すべきではないことかもしれませんが……」

しばし躊躇《ちゅうちょ》したのち、夏川はそう前置きしてから、牧野捜査一課主任の接触と末吉捜査二課係長の伝言とを、口ごもりつつ穏当に要約して述べた。それでも相手の侮蔑的なニュアンスは隠しようもなく、雛壇に控えた宮近理事官は額に青筋を立てて憤慨し、城木理事官は大きくため息をついた。

しかし肝心の沖津部長は、さほど気にするふうもなく、夏川主任を慰労した。

「今回の海棠商事を巡る事案は、通常の汚職事件に比べて不可解な点が多すぎる。諸君には苦労をかけるが、引き続き多方面から捜査に当たってもらいたい。確かに末吉係長の言う通り、捜二のような独自のノウハウがない我々には厳しい捜査となるだろう。しかし通常の捜査手法では解明できないような事案こそ、かえって我々のやり方が有効であると私は信じる」

海棠商事の疑獄事件は、そもそも一週刊誌が海棠商事から政界、官界への不透明な金の流れをスクープしたことに端を発する。

記事に拠れば、与党の岡本倫理《おかもとりんり》、戸ヶ崎卓三《とがさきたくぞう》、袴川義人《はかまがわよしひと》ら、大物から中堅の政治家数名、それに経産省の局長クラスに金が渡っているという。

沖津が「不可解」と表現したのは、金品の不正授受という事実が確かに存在しながら、それがなんの目的で為されたものなのか、どうにもはっきりしないという点にある。件《くだん》の週刊誌も、その点は「不明」とし、追跡調査に読者の興味を惹《ひ》きつけるような書き方で言葉を濁していた。

一応は通信事業への新規参入を狙う海棠商事が、自社に有利な法整備の根回しにかかっているということらしいのだが、その〈通信事業〉がよく分からない。

携帯電話やIT事業への参入を考える企業は珍しくない。現状では相当な資本力のある企業体でなければ難しいだろうが、それにしてもない話ではない。海棠商事のような名門がなりふり構わず汚い手に打って出るほどのものとは考えにくい。沖津が不審を抱いたのももっともである。

午後七時、徒労感を引きずって庁舎を出た夏川主任は、それでも背筋だけはまっすぐに伸ばして駅の方へと歩き出した。

するといきなり、待っていたかのように背後から近寄ってきた黒いＢＭＷ５２８ｉが歩道を往く夏川の少し前で停まった。

警戒してやや身構えつつ見ていると、運転席の窓が開き、知った顔が現われた。

「伊庭《いば》係長」

驚いて声を上げた。

警視庁公安部外事三課の伊庭充寿《みつとし》係長であった。外事三課とは重大テロ事案でこれまで何度か合同態勢を取ったことがある。

「退庁ですか」

「はあ、そうですが」

呑気《のんき》そうに声をかけてきたが、相手は警察のブラックボックスとさえ言われる外事の管理職である。油断はならない。

「だったらちょうどいい、ちょっとつき合ってくれませんかね」

公安部は霞が関の合同庁舎内にある。偶然のわけがない。何か明確な意図があって今まで自分の退庁を待っていたのだ。

助手席のロックが外れ、ドアが開いた。

選択の余地はない。夏川は伊庭の運転するＢＭＷに乗り込んだ。

「夏川さん、あんた、いい店知ってる？」

伊庭は明治通りを北上しながら、なにげない口調で訊いてきた。

「は？」

「あんた、見るからに日本酒派って感じだが、俺は日本酒でも洋酒でもどっちでもいいよ」

「どういうことでしょう」

「だからつき合ってくれって言っただろ。適当でいい。心当たりがないんなら、俺の知ってる店へ行くぞ」

密談か。公安という部署の特殊性を考えれば、なんらかの罠という可能性さえある。

「お任せします」

慎重に答えると、伊庭は人の表情を読み取ることに長《た》けた刑事の目にも、判じ難い笑みを浮かべた。

「分かった。高くても文句を言うなよ」

はい、と反射的に頷いてから、夏川ははっと気がついた。

「それって、もしかして自分の奢《おご》りという意味ですか」

「当たり前だ」

素《そ》っ気《け》ない答えが返ってきた。

なるようになれ——
夏川は覚悟を決めて、ＢＭＷのシートにもたれかかった。

伊庭の案内した店は、新小岩駅に近いマンションの一室にあった。「隠れ家ダイニング」と称されるタイプの小さな店だが、ドリンクメニューには高価な酒が並んでいた。

メニューから顔を上げ、夏川は相手を窺う。

「お仕事で使われる店ですか」

外事三課の〈仕事〉とは、国際テロに関する捜査及び情報収集である。言ってみれば諜《ちょ》報《うほう》活動だ。こうした店での密会は日常的に行なっているだろう。

「いや、ここは仕事では滅多に来ない。意外と渋いんだよ、ウチの経費は……よし、俺はスペシャルコースにしよう。それと、酒はシャトー・グリュオ・ラローズだ。車は置いて帰るから問題ない」

伊庭は遠慮なく一番高い料理とワインを注文した。

夏川はとりあえずビールを頼みつつ、ウチだって渋いんだよ、と心の中で呟いた。

「あんたも知ってると思うが、ウチは二課とは仲が悪くてさ」

前菜のサーモンを頬《ほお》張《ば》りながら、伊庭は唐突に切り出した。

二課とは外事二課のことであろう。東アジア、ことに中国、北朝鮮のスパイ事案を扱う部署である。

「だから滅多にネタが流れてくることもないんだが、それでもたまには何かの弾みでひょいと耳に入ることもある。名前は言えないが、二課でマークしてる〈仲介業者〉がいるんだ。そいつが顧客の一人を、どうやら平岡につないだらしい」

「平岡？」

　夏川は思わず聞き返していた。

「そうだ、マンションから飛び降りた経産省の課長補佐だ。どこの誰だか名前も何も分からないその顧客は、平岡と何度か接触してるはずなんだが、捜一も捜二もまったく把握してないらしい」

　ビールのグラスを持つ手が震えた。

「伊庭係長」

「なんだ」

「好きなだけ飲《や》って下さい。今夜は喜んで奢らせて頂きます」

　深々と頭を下げる夏川に、伊庭は例によって素っ気なく言った。

「当たり前だ」

　一日の疲れも吹き飛ぶような思いでグラスを口に運んだ夏川は、ふと我に返って尋ねてみた。

「でも、どうしてそんなことを自分に教えてくれるんですか」

「ウチはな、あちこちに〈貸し〉を作るのが好きなんだよ。もちろん将来的な回収を見越しての話だ。だから利息は高いぞ。覚悟しとけよ」

「なるほど」

いかにも公安の外事らしい、と納得してつまみのチーズに手を伸ばしかけ、

「待って下さい、現時点で貸してるのはウチの方じゃないですか。新潟の事案、あれは結局そっちが持ってったわけでしょう。あのときウチの連中はみんな怒りまくってて、なだめるのにどれだけ苦労したことか」

〈新潟の事案〉とは、チェチェンのイスラム武装組織によるテロ事案を指す。この事案の最終的な処理を一方的に仕切ったのは公安部である。なんらかの隠蔽目的であったことは疑いを容れない。その高圧的なやり方には、特捜部だけでなく、新潟県警も大いに憤慨したものだ。

「そうとも言えるな」

伊庭は平然とうそぶいた。

「弁解するつもりはないが、なにしろあれは〈天の声〉だったし、ウチとしても後味が悪かった」

「だったらやっぱり貸しじゃないですか」

「あんた、見た目と違って、意外と商売上手だな」

互いに苦笑しながらグラスを干した。

2

その日、特捜部庁舎での捜査会議に臨んだ夏川主任は傍目にも興奮を隠せない様子であった。夏川だけではない。夏川班の捜査員達も同様である。

彼らは一体何をつかんだというのか——由起谷主任をはじめとする由起谷班の捜査員達は一様に顔を見合わせた。

外事三課の伊庭係長からもたらされた情報はただちに報告され、夏川班は平岡と接触していたという謎の〈顧客〉の割り出しに全力を挙げていた。

夏川がかくも興奮しているのは、〈顧客〉の身許がついに割れたからに違いない。そしてそれは、相当に意外な人物であるのだろう。由起谷らはそのように想像するしかなかった。

沖津部長らが入室し、捜査会議が始まった。

夏川の報告は、果たして〈顧客〉の正体についてであった。

「死亡した平岡課長補佐と秘密裏《り》に接触していた人物は、唐浩宇《タンハオユー》、三十九歳。国籍、中国。現住所、新宿区北新宿二丁目。職業、会社員。勤務先、フォン・コーポレーション。役職は情報企画室室長代理。そうです、れっきとしたフォンの社員です」

室内は騒然となった。

フォン・コーポレーション。香港《ホンコン》の実業界でも一、二を争う馮《フォン》グループの日本総代理店であり、経産省の肝煎《きもい》りで進められている日中合同プロジェクトの中核を担う存在である。その一方で、これまで特捜部が手がけた数々の重大事案の陰で暗躍してきた〈限りなく黒に近いグレイ〉企業でもあった。特捜部とはまさに因縁浅からぬ関係と言っていい。

そのフォン・コーポレーションが、こんなところで浮上しようとは。

これは、もしかするとフォンの正体を暴く突破口となるかもしれない――

夏川班の興奮も道理であった。

海棠商事の汚職事件に関しては、主役はあくまで捜査二課である。しかし本丸《ほんまる》がフォンとなると、特捜部にとっては事件の筋が違ってくる。

沸き立つ一同に、沖津は一際強い口調で指示を下した。

「我々は唐浩宇の線に絞って捜査を進める。夏川班は唐を徹底的に監視、由起谷班は唐の関係する業務について精査すること」

由起谷班による調査の結果、唐の経歴はごく平凡なものと分かった。もっとも、フォンの中国人正社員ともなれば、中国の全人口のうち、上位数パーセントにすぎない富裕層出身者に限られる。それだけで特殊であるとも言えるのだが、唐がフォンに入社した経緯は、他の大部分の社員とそう変わらぬものだった。

都市戸籍を持つ家庭に生まれ、北京《ペキン》大学を卒業後、共産党の有力者に近い親族の縁故で馮財閥関連企業の北京支社に入社。年齢とともにそれなりの実績を積んで香港の馮グループ本社に栄転。そこから日本のフォン・コーポレーションに課長待遇で出向となった。およそ二年前のことだという。

『情報企画室』自体の業務は、「新時代の通信情報システムに対応するための企業戦略を検討する」という至極まっとう且つありふれたもので、それなりの大企業なら規模の大小に差はあれど必ず設けられている類《たぐ》いの部署である。

しかし――

〈新時代の通信情報システム〉。その文言が気になった。一見、よくあるIT関連のようにも思えるが、死亡した平岡の役職は「情報通信機器課課長補佐」である。

現時点で海棠商事との関係は見えてこないが、平岡と唐には、表には出せないなんらかの関係があると推測された。二人の業務を考えれば、正々堂々とやり取りしていてもおかしくない。にもかかわらず、刑事部の目をも潜《くぐ》り抜けて接触していた理由は何か。

夏川班、由起谷班ともに、捜査員達はますます意気込んで捜査に取り組んだ。

唐浩宇《タオハオユー》の名前と身許が割れてから二週間後。再び大きな進展があった。

「唐は如月《きさらぎ》電工の関連研究機関である如月フォトニクス研究所に頻繁に出入りしています」

いかつい頬を紅潮させて、夏川班の蔵元捜査員が報告する。

「如月電工はフォンと提携関係にあり、このフォトニクス研究所にもフォンの資本が入っています。唐は職務上フォンサイドの窓口を務めており、フォトニクス研究所に出入りすることと自体は不自然でもなんでもありません。本職には科学はサッパリですので、フォトニクス研究所の研究内容については技術班に解説をお願いしました」

技術班の鈴石緑主任が立ち上がった。

「フォトニクスとは広く光を扱う光工学全般を指す用語です。電子、つまりエレクトロンを扱うエレクトロニクスに対して、光子、フォトンを扱う工学領域をフォトニクスと呼んでいます。如月以外でも多数の大学、企業などの研究機関で研究されており、その数は国内だけでも数百はあると言われています。物理や医療、自然科学など、研究テーマは多岐にわたりますが、大きく期待されているものの一つが、情報通信の分野です」

情報通信。メモを取りながら夏川は考える――平岡とフォンとのつながりはやはりそこか。

「理論上、従来の半導体エレクトロニクスでは不可能だったレベルの、超高速で大容量且つ低エネルギーの情報伝達が可能になるとされています。ただしその前提として、高度な光デバイス、特に光半導体の開発が不可欠です。その中心となるのが、先端フォトニクス材料であるメタマテリアルの開発で、公表されている情報を見る限り、如月も相当力を入れているようです」

城木理事官が質問を発した。

「メタマテリアルとは」

「一言で言えば、〈負の屈折率〉を示す人工材料です。重要なのは三次元フル・フォトニック・バンド・ギャップ、すなわち光の閉じ込め効果を持つという点です」

捜査員の大半はこうした話が苦手である。夏川もその例に漏れないどころか、聞いているだけで頭痛がしてくる質《たち》であるが、事件の背景を理解するためには我慢して取り組むしかない。

「光を閉じ込められるということは、すなわち光子一つ一つを操作できるということです。ちょうどトランジスタで電子を制御し論理回路を構築できたように、光による論理回路を構築できる可能性があるわけです」

鈴石主任の話を聞きながらふと顔を上げた夏川は、なぜか奇妙な違和感を抱いた。それが何によるものであるのか、すぐには分からなかったが、そのうちに気がついた。沖津部長の眼光である。誰よりも鋭いが、決して腹の底を窺わせぬ目。その目が今は、微かに不安——あるいは恐れ——のようなものを覗かせている。

もっともそれは、なんの根拠もない刑事の直感でしかなかったが、夏川は少し驚いた。機械よりも精妙で論理的な沖津部長が、自分にそんなことを感じさせるなど、これまで一度たりともなかったからだ。

「未だ理論上の存在でしかない量子コンピューターは、世界最速のスーパーコンピューターでも数年かかる規模の演算処理をわずか数分で終えると言われています。かつては物理的に実現不可能とされてきましたが、電子回路と違って発熱が小さく、干渉も起こらないため、従来にない高集積化が期待できる光演算装置によってなら、実現可能ではないか。近年ではそういう意見が大勢を占めるようになってきました。つまり、光コンピューターの延長として量子コンピューターが生まれ得るということです」

「如月がそれを開発したということでしょうか」

城木が再び尋ねる。

「いえ、それにはまだ技術的なハードルが無数にあります。本来の意味での量子コンピューターの完成には、あと数十年はかかると見られています。そうした将来を見据えての地道な基礎研究の段階にあるというのが現状です。しかし当該施設の公式サイトや関係資料を見る限り、如月がその方面に関心を示しているのは事実でしょう。以上です」

着席した鈴石主任に代わり、蔵元が再び立ち上がる。

「鈴石主任、ありがとうございました。正直申しまして、本職の偏差値では、お話の半分も理解できているかどうか、甚《はなは》だ自信がありません。三分の一、いや、四分の一くらいかな」

室内のあちこちで小さい笑いが起こった。蔵元は愛嬌のある笑顔で室内を見回してから、真面目な表情に戻って続けた。

「しかし、本職にも分かることは多々あります。このフォトニクス研究所の主導研究員は西村禎成《にしむらただなり》という人物で、年齢は三十七歳、学会では気鋭の研究者として通っていますが、この男がなんと言いますか、どうも臭い」

「臭いとは、具体的にどういうことか」

今度は宮近理事官が質す。

「はあ、こいつ、フォンのスポンサードで研究しているくせに、唐《タオ》の目を盗むようにして、他の大手企業や海外メーカーの人間と会っとるんですわ。その中には、海棠商事の社員も含まれていました」

「海棠だと?」

宮近が思わず叫んだ。捜査員達も同様に驚きの声を漏らす。

つながった――

特捜部の追及する線が、別の大きな線と一つになった。

現場捜査員にとって、血が沸き立つような高揚の瞬間である。

「唐《タオ》の監視は従前通り。加えて、今後は西村研究員の監視にも重点を置く。担当は引き続き夏川班。由起谷班は、如月電工全体の動きを細大漏らさず洗ってほしい。また、捜一、捜二には絶対に気づかれぬよう、万全の注意を払うこと」

捜査員達に対して沖津が厳命する。

いつも通りの冷静な態度であったが、夏川の目には、上司がやはり常になく焦っているようにも感じられた。

捜査の進展につれ、如月電工、如月フォトニクス研究所及び西村研究員に関する報告が由起谷班から続々と上がってきた。

製造コスト削減を喫緊の課題とする如月電工は数年前インド進出を試みて手ひどく失敗、撤退を余儀なくされている。そのときに得た教訓を元に、現在は東南アジアへの進出を慎重に進めているところであるという。有名企業だけに技術力自体には定評があり、社会的信用や知名度も申し分ない。

如月フォトニクス研究所は、西村の担当する研究に関しては極めて神経質になっており、厳重な機密漏洩《ろうえい》対策を施していた。つまるところ、西村とそのチームが何をやろうとしているのか、外部からはまったく窺い知れないというのが実情であった。

夏川班は西村の身辺調査を徹底的に行なった。家族構成、家庭環境、性格、病歴、交友関係。未婚で独り暮らしだが、暮らしぶりは派手だった。水商売の女に入れ上げてはそのつど大金を使っている。優秀な研究者であるが、自己顕示欲も強く、人望が厚いとは言い難い。にもかかわらず研究チームを任されているのは、それだけ彼の研究が有望視されているということであろう。

いずれにせよ、キーマンはフォン・コーポレーションの唐浩宇《ハオユー》室長代理と、如月フォトニクス研究所の西村禎成主導研究員。この二人であることに間違いはない。夏川はいやが上にも奮い立った。

四谷のバー《ハッピートーク》で、夏川主任は部下の山尾捜査員とカウンターに並んで一番安いビールのグラスを傾けていた。無論勤務中である。奥のテーブル席では、ホステスを遠ざけて唐と西村が不穏な面持《おもも》ちで何やら密談を続けていた。

唐と西村を別個に尾行していた夏川班は、両者が同店で密会する現場に遭遇した。その時点で尾行者が交代し、夏川と山尾がフリの客を装って入店したというわけである。

カウンター席に着いた夏川と山尾は、当たり障りのない世間話を言葉少なに交わしつつ、背中で唐《タオ》と西村の様子を窺った。直接視認せずとも、彼らの間に最初から漂っていた険悪な空気が、酒が回るにつれて次第に濃厚なものとなっていくのがはっきりと分かった。

カウンターの上で、二人は目だけで会話する。

まずいぞ、こりゃあ――

突然ボトルの倒れる激しい音がした。二人は咄嗟に背後を振り返る。

激昂した唐が立ち上がり、中国語で激しく西村を面罵していた。

一方の西村はふて腐《くさ》れたように横を向いている。

今や店中の者が二人の方を凝視していた。

慌てて飛んできたバーテンが二人の間に割って入り、唐の腕をつかんで出口の方へ誘導しようとする。

バーテンの手を振り払った唐は、財布から数枚の紙幣を抜き出し、その場に叩きつけるようにして去った。

「これだから中国人は」

西村は聞こえよがしにそう言って、グラスに残った酒を呷《あお》った。

3

四谷のバーでのトラブルから二日後のことである。

足立区竹の塚にある西村の自宅を監視していた夏川班の三好と船井は、出勤時間になっても西村が一向に出てこないのに不審を抱いた。これまでの西村の行動パターンにはないことだった。前夜遅くに酔って帰宅したのが確認されていたため、寝過ごしているのかもしれないと考えられたが、午前十一時近くになっても変化がないので三好が夏川に連絡して指示を請《こ》うた。

〈近所で空き巣があったとか、口実を作って様子を見に行け。顔を晒してもいい。俺も行く〉

夏川は即断した。三好と船井は指示通り西村の自宅を訪問して玄関前から呼びかけたが反応がない。裏に回ってカーテンの隙間《すきま》から覗いたところ、ベッドの横に倒れている男の足が見えた。

西村宅は借家である。二人の捜査員は近所にある管理会社の店舗に駆けつけ、同社社員の立ち会いの下、家の鍵を開けてもらった。

すぐに寝室に向かう。倒れていた男はやはり西村であった。彼は口腔《こうこう》内を吐物《とぶつ》でいっぱいにしてすでに事切れていた。

泥酔状態で就寝した西村が、吐物を喉に詰まらせて死亡したものと思われたが、側に転がっていたウイスキーのボトルから、簡易検査で致死量のヒ素が検出された。

正確な死因は司法解剖の結果を待たねばならないが、おそらくはヒ素による中毒死。西村宅に侵入した何者かが、酒に毒物を混入したのだ。西村は特捜部の監視下にあったが、不在時の自宅まではその限りではない。

しかし大失態であることには違いなかった。

夏川の報告を受けた沖津は、いつになく緊迫した様子で指示を下した。

〈管理者がいるなら、現場からすぐにパソコンと研究データ、及びその関連物と思われるものを残らず押収しろ。刑事部にはこちらで話をつける〉

居住者、管理者、その他関係者の立ち会いがある場合、捜査員は遺留物を押収できる。犯罪捜査規範百十条に明記される「遺留物の領置《りょうち》」である。

竹の塚署から情報が伝わったのだろう、部下を率いて駆けつけてきた捜査一課の牧野主任が現場前の路上で夏川を罵倒《ばとう》した。

「貴様ら、陰でこそこそやってると思ったら、なんだこのザマは！」

そっちは西村の存在自体を把握していなかったではないか、という思いが込み上げてきたが、夏川は辛《かろ》うじてこらえた。人の命が失われたのである。反論や弁解は許されないと思った。

夏川が牧野らを抑えている間、夏川班の捜査員達が西村のパソコンや書類等を次々と段ボールに詰めて運び出す。

「おい待て、貴様ら、それをどこに持っていく気だ！　勝手に現場を荒らす気か！」

牧野が気づいて大声を上げげた。特捜部と捜査一課、それに竹の塚署署員との間で揉み合いになった。

「これはウチの事案だ！　文句があるなら一課長、いや、刑事部長に訊いてみろ！」

夏川は沖津に指示された通り、体を張って捜一による妨害を防いだ。

「裏切り者！」

喧噪《けんそう》の中で誰かが叫んだ。捜査一課の誰かが。

夏川は声を失った。

〈裏切り者〉。元捜一の彼にとって、何度聞いても心をえぐられる一言だった。

悄然と立ち尽くす彼の表情を見て、牧野は胸を衝かれたように呟いた。

「夏川……」

牧野は続けて何かを言いかけたが、思い直したように口を閉じた。代わりに、背後の部下達を振り返って言い渡した。

「この大ポカはどのみち特捜の責任だ。好きにやらせとけ。俺達の知ったことじゃない」

そしてまた夏川に向き直り、

「これでいいいな、夏川」

「すまん」

頭を下げる夏川に、牧野は横を向いた。

「礼なんか言うな。胸くそ悪い。その代わり、ケツはちゃんと拭いてもらうからな」

同時刻、霞が関の警視庁庁舎内では、黛《まゆずみ》副総監立ち会いの下、沖津特捜部長と椛島《かばしま》刑事部長との間で緊急の会合が持たれていた。特捜部側からは宮近、城木両理事官、刑事部側から千波《せんば》捜査一課長、鳥居《とりい》捜査二課長らが陪席している。

怒気も露《あら》わに激しく抗議する椛島刑事部長に対し、沖津は沈黙の一手であった。

やがて副総監の机上の電話が鳴った。電話に出た副総監は、四、五分ばかり通話したのち、受話器を置いて一同に向き直った。

「この件は沖津君に一任する。ただし、西村殺しの捜査本部は当然竹の塚署に設置。初動こそ特捜が行なったものの、以後は捜一主体という形式を厳守。公表可能な成果があれば、すべて刑事部の功績とする。またこれ以上の失態、不祥事のあった場合は特捜部に重大なペナルティが科せられることを覚悟してもらいたい」

会合はそれで終わった。

特捜部の押収したパソコンには、西村が研究データを持ち出そうとしていた痕跡が残されていた。

すなわち、不特定の怪しいサーバーへのアクセス記録と、勤務先である如月フォトニクス研究所でのアクセス記録改竄《かいざん》データである。また生体認証キット一式も発見された。

如月フォトニクス研究所での研究データはすべて研究所のサーバーで保管されており、厳重なセキュリティが施されているが、主導研究員の立場にある西村はサーバーへのアクセス方法等に精通しており、その裏をかく方法を模索していたらしい。

西村は自宅から研究所のデータを抜き出そうとしては何度も失敗し、そのつど研究所に戻ってはアクセス記録の改竄を行なっていたのだ。

「以上の点から、かねてより如月での待遇に不満を募らせていた西村は、自分の研究を他社に売り込もうとしていたものと推測されます。売り込み先の中には海棠商事も含まれていたというわけです。そのことを察知した唐《タオ》は激怒した。西村の研究にはフォンも出資しているので当然です」

捜査会議の席上で、夏川主任の報告を受けた沖津は即座に命令した。

「フォン・コーポレーションの唐浩宇《ハオユー》室長代理を西村殺しの重要参考人として任意で引っ張れ」

「はっ」

夏川が勢い込んで返答する。

しかし、沖津は珍しく苦衷《くちゅう》を滲《にじ》ませ、

「問題は、西村の研究内容だ。証言だけでは意味がない。実際にブツを押さえる必要があるが、これぱかりはたとえ西村の背任容疑を立証できたとしても押収は無理だ。唐《タオ》を殺人容疑で逮捕しても、如月の資産に手を出すことはできない」

沖津がどうしてそこまで研究内容そのものに拘泥《こうでい》するのか、夏川にはよく分からなかった。部長のその傾向は、西村の自宅から押収された書類やノート、メモ類のコピーに目を通してから一層顕著《けんちょ》になったようにも思える。それらの資料はもちろん夏川自身も一通りチェックしているが、何が書かれているのか、皆目見当もつかなかった。

思い切ってそのことを質そうとしたとき、壇上に置かれた警電が鳴った。

応対した宮近理事官が、すぐに受話器を上司に差し出す。

「部長、由起谷主任からの報告です」

受話器を受け取った沖津は、頷きながら相手の話を聞いていたが、

「よし、分かった。君はただちに任意で聴取に当たってくれ。ただし逮捕はするな。あくまで任意の聴取だ」

由起谷との通話を終えた沖津は、一同に向かって告げた。

「如月本社の幹部数名が研究の売り込みに関して不正競争防止法十八条一項、二十一条二

項七号に抵触している疑いがある。インドでの失敗に懲《こ》りて、東南アジアでは古来最も効果的な手法に頼ることにしたらしい。すなわち袖《そで》の下という奴だ。由起谷班が証拠を押さえた。これなら如月フォトニクス研究所の捜索、押収が可能だ。すぐに地裁に令請《れいせい》(令状請求)を行なう」

夏川は呆気《あっけ》に取られた。現時点で如月の幹部による法令違反と、西村の背任、及び西村殺害との関連は不明である。つまりほとんど別件と言っていい。沖津が由起谷に「逮捕はするな」と念を押したのは、逮捕してしまうと原則として三日以内に証拠品とともに検察に送致しなければならなくなるからだろう。

いずれにしても、強引を通り越して無茶とも言えるやり方であった。各方面からの〈特捜叩き〉が今後激しさを増すことは想像に難くない。

切れすぎる部長の策が周囲の凡人の目に強引と映るのは毎度のことだが、それでもどこかスマートさを感じさせるのが常だった。今回はやはりいつもの沖津らしくない。

普段は優雅にシガリロを燻《くゆ》らせているこの上司が、ここまで執着する研究内容とは一体なんなのか。

不審を覚えると同時に、夏川は刑事として膨《ふく》れ上がる好奇心を抑えることができなかった。

午後三時三十分。埼玉県川口市元郷《もとごう》にある如月フォトニクス研究所周辺に、複数のバンがさりげなく分散して停車した。乗っているのは警視庁特捜部の捜査員と技術班職員である。

そのうちの一台の車内で、現場指揮官の夏川はじりじりする思いで捜索差押許可状の到着を待った。

如月電工本社には由起谷主任率いる由起谷班が、フォン・コーポレーション本社には唐《タオ》浩宇《ハオユー》聴取のため夏川班の本間と成瀬が向かっている。

指揮車輌を兼ねるバンの車内から研究所の正面入口を見つめる夏川の携帯が鳴ったのは、午後三時四十七分のことだった。発信者は本間捜査員。

夏川は研究所から目を離さずに携帯に出た。

「なんだ、こんなときに。唐はおまえ達に任せると――」

〈唐はいません!〉

「あ？　なんだって？」

〈今フォンの本社ですが、担当者の話によると、唐は昨日付で帰国したそうです〉

「なにっ」

思わず腰を浮かせたとき、バンのドアが勢いよく開いて、蔵元捜査員が飛び込んできた。令状が届いたのだ。

「分かった、おまえ達はとりあえずこっちに合流しろ」

夏川はやむを得ずそう命じて携帯を切ると、部下を引き連れ、早足で如月フォトニクス研究所の正面入口に向かった。

他の車輛からも続々と捜査員達が下りてきて夏川達に合流する。打ち合わせ通り裏の通用口や非常口の方に回る一団もある。

正面入口に立っていた警備員が驚いて侵入を阻止しようとする。

「警視庁の者です。如月電工役員による不正競争防止法違反その他の容疑で強制捜査を行ないます」

令状を提示して中に入る。殺気だった捜査員達が後に続いて雪崩《なだ》れ込んだ。

「警察です。皆さん、その場を動かないで。所内の物には一切触れないで下さい。携帯端末等も使用しないように」

呆然としている所員達を尻目に、夏川は技術班の鈴石主任とともに急ぎ奥へと進む。何か所かにセキュリティ・ゲートが設けられており、進むに連れて警戒レベルが上がっていくのが素人の夏川にもはっきりと分かった。

そのつどゲートを開けさせ、先を急ぐ。何人かの研究員や関係者が飛んできて阻止しようとしたが、「公務執行妨害になるぞ」と一喝して振り払った。

やがて夏川らは、研究所の最深部に到達した。

「なんだ、これは……」

小さな体育館ほどもある電波暗室化された半地下の建屋に、二階から地下一階までぶち抜きで設置されていた〈もの〉。

巨大な異形を見上げ、夏川は絶句した。

外観は直径一・五メートル、長さ六メートルばかりの、緩いS字形にうねったシリンダー状構造物。本体は意外と小さいようだが、計測装置や入出力装置で囲われて、見上げる者を圧倒するサイズになっている。

足場を兼ねたトラスとワイヤーによって固定されており、表面をびっしりと覆《おお》い尽くす無数のケーブルやバルブ、ソケット、調整ノブや固定ボルトが、海岸の岩に密生するフジツボを思わせる。そしてそれらのケーブルは、深海生物の触手であるかのようにのたくりながら伸び広がって、コンピューターや各種計測装置に接続されている。

「なんなんだ、これは」

近くにいた所員の胸倉をつかみ、激しい勢いで問い質す。しかし誰もが一様に口を濁して明確に答えようとはしない。

鈴石主任が専門用語を交えて質問し直し、ようやく短い答えを得た。

彼女は蒼ざめた顔で夏川を振り返った。

「どうやらこれは、フォトニック・プロセッサ・コアの試作機のようです」

「フォトニック……プロセッサ……？」

それでもよく分からなかったが、夏川はそれ以上の質問をやめた。どのみちブツの解析は自分の仕事ではない。

とは言え、押収しようにも簡単に運び出せる大きさではない。

巨大な構造物は他にもあった。

例えば、ライトバン二台分程度の大きさをした箱型の装置である。

「生成槽《そう》のようですね。メタマテリアル対応の光造形デバイスで、一種の３Ｄプリンターと思われます。設計データ通りに立体的な光集積回路を生成し、コロイド状の高分子溶液を満たした槽内に、紫外光による超短パルスレーザーホログラフを何重にも精密投影して硬化させるわけです」

鈴石主任が教えてくれるが、やはりなんのことか分からない。

その他にも分解され、計測装置を挟んで実証試験機に接続された電動アシストスーツのパーツらしきものや、各種の記憶装置が所狭しと配置されている。

特捜部では急遽大型トレーラーやクレーン車を手配した。そして鈴石主任の監督の下、大型パーツは可能な限り分解するなどしてすべての関連物を証拠として押収し、その日のうちに新木場の特捜部庁舎地下にあるラボに搬入した。

4

鈴石緑は、技術班を指揮して押収品の解析に全力で取り組んだ。

押収したのは、分解した実証試験機、その計測装置、モジュール生成槽、コンピューターとその記憶装置以外に、メモやノート、写真、プリントアウトされた書類、その他一切合財であるから、相当な量である。

まず実証試験機をラボの中に再構築する試みから開始した。原理も用途もわからない初見の機械を、分解し移設することは困難を極めた。もちろん周辺の細々したデバイスや代替部品、予備部品の類いも数百とある。それらを分類、タグ付けし、評価する。メモ、ノートなどの紙媒体も整理し、可能な限り時系列順に並べ直す。

細分化された装置類が「一体何か」ということを評価するために、一部は信頼できる大学や企業に依頼する。

並行してコンピューター自体や、記憶装置の中のデータ及びプログラムを検分する。ここには、研究チーム内でのやりとりのログや、コンセプトを共有するための文書や図版をはじめ、プロジェクトのスケジュールや進捗表、仕様書や設計書、改訂を重ねたマニュアルやレポート、膨大《ぼうだい》な記録写真や動画、さらには外部サイトへのアクセスログなどが詰まっていた。中にはプロジェクトとは無関係なファイルや、意図的に隠されたファイルもある。のみならず、データの大半には鍵がかかっていたり、トラップが仕掛けられていたりもした。それらの解析には、外部の業者に委託せざるを得ない部分もあった。

そうした苦労を重ねてファイルを読み出しても、その内容はチーム内だけで通じる符丁や暗号、略語のオンパレードであった。

それでも、すべてを丹念に分類整理する。頻出するキーワードをピックアップし、俯瞰《ふかん》して見れば、西村をリーダーとする研究チームが何をやろうとしていたのかは自ずと見えてくるはずだからである。

その概容が見えた時点で仮説を立て、他のデータと突き合わせることによって、概《おお》ね矛盾しないと確信できるところまで持っていくのだ。

強制捜査から九日後の午後十一時二十二分。デスクの上に散らばる書類をまとめ、緑は地下のラボから沖津部長の執務室に向かった。解析の進捗はまだ全体の二〇パーセント程度であるが、その過程で確信できれば、あとの八〇パーセントはルーチンワークになっていくのが常であって、初期段階で得られた以上の収穫が得られる見込みは薄い。すでに大筋は見えたと確信している。

エレベーターのボタンを押すとき、緑は自分の指先が微かに震えているのに気がついた。

そうだ、自分は確かに禍々《まがまが》しい〈筋〉を見たのだ――

執務室のデスクを前に、沖津は一人で緑を待っていた。他には誰もいない。城木理事官も宮近理事官も。

緑は上司のデスクに歩み寄り、息を整えてから報告した。

「押収された構造物は、龍骨《キール》‐龍髭《ウイスカー》システムの最も原始的なモデルであると推測されます」

静寂に包まれていた執務室の内部が、さらに音を失ったようだった。

緑の差し出した報告書を受け取り、沖津は無言で目を通す。

部長はおそらくこれを予期し、怖れていたのだ。だからこそ強引な手法を駆使してまで研究成果の押収に踏み切った――

そう感じながら、緑は続けた。

「もともと如月フォトニクス研究所はフォトニクス、メタマテリアルの研究機関ですから、龍骨‐龍髭システムに接近し得る可能性がありました。あの巨大さは検証のため、あるいは技術的な精度限界のためであって、アーキテクチャが確定すれば、小型化は容易です。また分生成槽はまさにフォトニック・プロセッサのモジュールを作るためのものでした。分解されたアシストスーツは、入力あるいは出力インタフェイスの代用と推測されます」

そうだ、すべて推測できたことなのだ。しかしまだまだ時間がかかると思われていたその研究が予想以上に進んでいたこと、また、多岐にわたる応用分野がありながら、ピンポイントで龍骨－龍髭システムにつながる研究がなされていたことに、緑は改めて戦慄した。マスター・スレイブ型のフォトニック・プロセッサ採用機甲兵装。これに龍髭による神経電位センシングと外部センサーからのフィードバック、量子結合を介した両者の無遅延同期が加われば、少なくともコンセプトにおいて、それはもはや龍機兵である。

警視庁特捜部のみが保有する未分類特殊強化兵装『龍機兵』。その中枢ユニット『龍骨』は、搭乗者の脊髄《せきずい》に埋め込まれた『龍髭』と一対一で対応している。搭乗者の脳に達する以前の脊髄反射を龍髭が検出し、量子結合により龍骨に伝達。機械的操縦では実現できない反応速度を可能とする。

沖津は警察外部から雇用した三名の搭乗要員と、決して公表できない非人道的な契約を交わしてまでその技術の流出を怖れている。

「幸い、龍髭に相当するインタフェイスの研究に関しては、憂慮するほどの成果は上がっていなかったようです。如月フォトニクスが神経工学部門に有効なパイプを保持していなかったためと思われます」

神経工学など医療系の研究機関は、一般に機械工学や情報処理など他の研究分野を軽視する傾向にあり、往々にして非協力的であったりもするという。

「もちろん、龍髭の重要性にまだ気づいていなかったという可能性も大いに考えられます。

しかしその分、龍骨単独での神経信号受信システムの精度においては、龍髭なしでの理論値に達しようとしています」

緑はそこで大きく息をつき、

「研究者個々人は、龍機兵の詳細など知る由《よし》もなかったはずですから、研究の真価を理解していたとは考えにくいと思われます。単に先進的な機甲兵装制御システムへのアプローチとして取り組んでいたというのが実情に近いのではないでしょうか。ただ、フォンとの窓口になっていた人物、つまり西村主導研究員が、提示された金額よりもずっと価値のあることに気づいていたという可能性は否定できません」

それまで緑の報告にじっと耳を傾けていた沖津が、報告書を置いて口を開いた。

「この件に関する保秘を部内全体に徹底する。特に技術班にだ」

「はい」

「押収した証拠類は、依然分析中であるとの理由で返還請求には応じない。高度な技術による構造物であるから、地裁も納得してくれるだろう。この線で少なくとも三年は引っ張る。逆に言うと、その期間だけでもウチで押さえておければいい」

「はい」

主導研究員がスキャンダラスな形で変死した上、データや試作機の一切を押収された如月フォトニクスの研究チームは、モチベーションを完全に喪失している。研究が続行される可能性はまずないものと考えられた。

「ご苦労だった。下がってくれ」

「はい。失礼します」

一礼して退出しようとした緑を、沖津が呼び止めた。

「鈴石主任」

「なんでしょうか」

「君はずっと泊まりだったんだろう。しばらくはゆっくり休みを取るといい」

「ありがとうございます」

執務室のドアを閉める瞬間、シガリロに火を点ける沖津の横顔が見えた。いつものように真意のまるで読めぬ顔。

沖津の最後の言葉は、本当に自分を気遣ってのものなのか、それとも別の意図があってのものなのか。緑には判別できなかった。


捜査会議では今後の捜査方針が検討された。

西村はフォンからの金を受け取りながら、研究成果を別の買い手に売りつけようとして殺害されたものと推測される。その線については捜査の継続が確認されたが、真相解明の望みが薄いことは大方に察せられた。しかも捜査の主体はあくまで捜査一課にある。

　また、自殺したとされる経産省の平岡課長補佐は、フォン・コーポレーションと海棠商事との板挟みになって悩んでいた節があるという。

　つまり、海棠もフォンの支援する如月フォトニクスの研究に目をつけていたのだ。研究の情報を海棠にもたらしたのは他ならぬ西村である。

　海棠は、フォンと経産省が進めている件の合同プロジェクトに参加していないほぼ唯一の大手商社でもあった。

　海棠商事は、このプロジェクトへ強引に参入しようとしていたのではないか。海棠から政官界に流れたという金は、そのためのものではなかったか。だとすれば、〈目的不明〉と言われた疑獄事件の目的も明らかとなる――

　平岡は本当に自殺だったのかもしれないし、あるいは、如月と海棠の仲介をしようとしてフォンの怒りを買ったのかもしれない。

　いずれにしても、西村が死に、唐《タオ》が帰国した今となっては、捜査は行き詰まったも同然であった。日本は中国との間で犯罪人引渡し条約を結んでいない。それどころか、そもそも唐は犯罪容疑者ですらない。単なる参考人なのだ。中国へ捜査員を派遣しても、聴取に応じるとはまず考えられなかった。

　会議終了後、夏川は退出する沖津に追いすがった。

「部長、待って下さい。話があります」

多くの者が驚いて振り返る。

叱咤しようと前に出た宮近理事官を制し、沖津は夏川に言った。

「いい機会かもしれない。外へでも出よう」


沖津が夏川を案内した先は、庁舎近くの新木場緑道公園だった。

よく晴れた気持ちのいい日であったが、自分をこんな所に連れ出したのは、呑気な気分転換のためなどであるはずがない。夏川は上司に付き従って歩きながら考えた。最近自分が感じていた不審を、元外務官僚のこの上司はすべて見透かしていたのだ。

沖津旬一郎という人の並外れた鋭敏さを、改めて思い知らされたような気がした。

海に沿ってまっすぐに伸びる舗道を歩きながら、夏川がどう切り出したものか考えあぐねていたとき、沖津が唐突に話しかけてきた。

「訊きたいことは分かっている。押収した構造物の正体だろう」

それだけではない、と言おうとして、不意に気づいた。

それだけなのだ。すべてつながっているのだと。

「あれは龍機兵の根幹を成すシステムのプロトタイプだ。それがどういうシステムであるかは、詳しく教えるわけにはいかない。少なくともあと五年はね」

あと五年？

そこで沖津は、シニカルな笑みを浮かべて立ち止まり、海に向かって伸びをした。

「あと五年、そう思っていたのが甘かったんだ。〈そのとき〉はもっと早くやってくる。認めたくはなかったが、今回の事案で確信したよ」

「どういうことですか」

もどかしさのあまり思わず訊いた。

「例えば、これだ」

沖津は懐から携帯端末を取り出した。それが最新型であることは、流行に疎《うと》い夏川も知っていた。さまざまな媒体で大規模な宣伝が行なわれていたからだ。

「最新型だが、技術の進歩は恐ろしいね、今これを作れるのはこのメーカーだけだが、一年も経てばありふれた製品どころか、時代遅れの代物《しろもの》だ」

上司の言わんとしていることがなんとなく分かってきた。それとともに、肌が粟立《あわだ》つような悪寒がした。

「携帯ならそれでもいい。しかし軍用兵器となるとそうもいかない。一年の差は計り知れないほど大きな意味を持つ。我々は龍機兵のアドバンテージをできるだけ維持しなければならない。〈そのとき〉のためにね」

「そのとき？」

刑事の勘が働いた。非礼を承知で聞き返す。

「そのときとは、問題の技術が一般化するときという意味で伺っておりましたが、何か別の意味があるのですか」

「分からない」

「えっ？」

「私にも確信はないんだ。あったら君達にもとっくに打ち明けているよ」

夏川ははっきりと理解していた。

〈敵〉だ――〈敵〉に関わる何かがあるのだ――

警察内部に根を張る正体不明の勢力。数々の重大事案に絡んで、その狡猾な片鱗《へんりん》を覗かせてきた〈敵〉。

やはりすべてがつながっている。

かつて同僚の由起谷主任に訊いてみたことがある。部長の秘密主義も、部下に負担を負わせたくない親心からなのだろうかと。そのとき由起谷は、確かこんな意味のことを答えた。部長の心など誰にも分からないだろう、しかし自分なら、耐え難い秘密を部下に背負わせるよりは、部下から誹《そし》られる方を選ぶ――

「申しわけありません。出すぎたことを訊いてしまいました」

角刈りの頭を下げて詫びた。

シガリロのケースを取り出しながら、なぜか沖津は嬉しそうに微笑んだ。

「特捜部のメンバーは皆私が選びに選び抜いた面々だ。その中で特に捜査主任には君と由起谷君を据えた。私でも自画自賛したくなるときはあるものだね」


それから数日を経ずして、沖津は一同を前にして語った。

「昨夜、経産省の烏丸《からすま》次官と経団連の花園《はなぞの》会長から警察庁長官に電話が入った。内容は想像の通り、強硬な抗議だ。ごく分かりやすい圧力だよ」

不穏当極まりないことを平然と口にする。一同は唖然とした。

「いかなる形であれ、例の合同プロジェクトの進行を阻害するのは日本の国益に反するということらしい。また外務省も、中国商務部との絡みを匂わせてきた。そういうわけで、経産省課長補佐自殺事案と如月フォトニクス研究員毒殺事案の捜査は以後捜一の専任と決まった。事実上の捜査中止だ。我々に異議を申し立てる余地はまったくない」

城木と宮近も二の句が継げないといった顔をしている。

「しかし、だ」

沖津はシガリロの煙を燻らせながら付け加えた。

「我々の仕事は終わったわけではない。むしろこれからだ」

来た、と誰もが思う。それが沖津旬一郎という男だ。

「こうなってみると、日本経済再生を目指すという触れ込みの合同プロジェクトも、ずいぶんときな臭く思えてきたじゃないか」

最前列に陣取っていた夏川は、テーブルの下で拳《こぶし》を握り締めた。

脳裏に部長から聞かされた言葉が甦る。

――我々は龍機兵のアドバンテージをできるだけ維持しなければならない。〈そのとき〉のためにね。


深夜のラボで、緑は独り、デスクの端末に向かって仕事をしていた。普段は他にも何人かが泊まりで作業をしているのだが、その夜は緑だけだった。

部長からは休みを取るように言われたが、どうしてもそういう気分にはなれず、その後も結局いつものように仕事を続けていた。

地下深いラボには最新の科学設備が整えられており、もちろん空調も二十四時間稼動している。

しかし緑は、心なしかいつもより肌寒いように感じた。無数のコンピューターをはじめとする電子機器がひしめいているため、特別な実験室は言うに及ばず、全体的に温度はかなり低めに設定されている。技術班の面々は皆その温度に慣れているのだが、それでも普段より冷えるようだった。誰かが実験の都合か何かで設定温度を変え、元に戻すのを忘れたのかもしれない。

愛用しているスタッフジャンパーのファスナーを喉元まで閉め、緑は立ち上がって空調の温度を確かめに行った。

調べてみると、ちゃんと規定の温度になっていた。自動調整装置も正常に作動している。だとすると、自分の体調のせいかもしれない。休みを取れと勧めてくれた部長の言葉は、当を得たものであったということか。

ため息をついてデスクに戻ろうとしたとき、急に思い立って保管庫に向かった。

急に思い立って？

我ながら不審であった。この時間、保管庫に用は何もない。

何かに呼ばれたような気がした——そうとしか言いようがなかった。

ラボの一隅にある重合金のドアを開けて中に入る。奥に保管された例の〈押収品〉に歩み寄り、怖々《こわごわ》とその全容を見上げる。まるで目に見えぬ妖気に吸い寄せられたように。

何度見てもおぞましい。だがこの装置は、特捜部の保有する三体の龍機兵の中にも組み込まれているのだ。白く美しいバンシーの機体にも。黒く艶《つや》やかなバーゲストの機体にも。

そして、思う。

本当におぞましく、恐ろしいのは、これとまったく同じ研究が、今この瞬間にも世界中で行なわれているということだ。

いつ、どこで、誰がその研究を完成させたとしても不思議ではない。

それは取りも直さず、世界中に龍機兵レベルの殺戮兵器が、瞬く間に蔓延《まんえん》するという地獄に直結しているのだ――

謝辞

本書に収録された作品の執筆に当たり、元警察庁警部の坂本勝氏、理学博士の樋口健介氏、科学考証家の谷崎あきら氏、村田護郎氏より多くの助言を頂きました。

方々のお力添えに深く感謝の意を表します。

解説

作家
円城塔

ここには時間と空間の広がりがある。

一般にはあまり知られていないが、きちんとした時間と空間の広がりを備えた小説というものは稀である。小説は事実そのものとは異なるもので、いくらでも歪みが入りこむ。それは書き手の主観であったり、時間の流れの不均一であったり、舞台の限定であったりする。より具体的にいうならば、特定の登場人物を活かすために別の登場人物たちが使い捨てられたり、話のつじつまがあわなくなってきたところで便利なアイテムが登場したり、小学生の行動範囲くらいのところで世界的な大事件が発生し、解決されたりする。

夏休みのある日におけるご近所ＳＦもの、一人称視点の独白型とでもいったところか。そうした設定の利点は非常に感情を喚起しやすく、手軽に着手しやすいところにあるのだが、時間と空間の方はどうしても歪みがちとなり、世界に対する個人の重みが増大する。

というか、登場人物にあわせて世界の方が立ち現れる。そのため、世界の方が登場人物たちよりも先に存在する状況は描きにくくなる。

さてここで、世界情勢や現実社会をフィクションを通じて描こうとした場合に何が必要か。整然とした、誰にも等しく与えられる、時間と空間の広がりである。失われたものは決して返らず、誰かが死んでも世界は終わらず、めでたしめでたしのあとにも現実世界は続いていく。

本書『火宅』は〈機龍警察〉シリーズ初の短篇集である。シリーズとして何作目ということになるのかは、数え方にもよるのでややこしい。

二〇一八年現在、長篇は発表順に『機龍警察』『自爆条項』『暗黒市場』『未亡旅団』『狼眼殺手』の五作。物語中の時間もこの順に進む。『火宅』が刊行されたのは、『未亡旅団』と『狼眼殺手』の間である。おおよそ『機龍警察』の以前から『狼眼殺手』手前までを舞台とした短篇を収め、それまでの流れを振り返りつつ、『狼眼殺手』以降の流れへ接続するという位置に置かれた。

というだけならそれほどややこしくもないのだが、〈機龍警察〉シリーズには『機龍警察〔完全版〕』と、『自爆条項〔完全版〕』が存在する。「完全版」については、この二作だけに限定され、『暗黒市場』以降には「完全版」が書かれる予定はないらしい。

というだけならばそれほどややこしくもないのだが、『機龍警察〔完全版〕』には、『機龍警察』から『未亡旅団』までの長篇に対する著者自身による「自作解題」が、『自爆条項〔完全版〕』には、この『火宅』収録各短篇の「自作解題」がつけられている。

というだけならそれほどややこしくもないのだが、この「自作解題」（及び著者インタビュー等）は現在のところ、ハヤカワ・ミステリワールド版のみにつけられており、ハヤカワ文庫JA版にはない。

というだけならそれほどややこしくもないのだが、『機龍警察〔完全版〕』と『自爆条項〔完全版〕』には、ハヤカワ・ミステリワールド版と、ハヤカワ文庫JA版それぞれに電子版が存在しており、「自作解題」がついているのは、ハヤカワ・ミステリワールド版の方だけである。

どこから読めばよいかわからない、と困惑する人があるのもわかる。現実はかくも入り組んでおり解きほぐしがたい。

ごく平凡に考えるなら、刊行年順に、『機龍警察』『自爆条項』『暗黒市場』『未亡旅団』『火宅』『狼眼殺手』と読み進め、「解題」が気になる人は、『機龍警察〔完全版〕』（ミステリワールド）と『自爆条項〔完全版〕』（ミステリワールド）の巻末にある「自作解題」を読む、というのがおすすめなのだが、そこまで肩肘張らなくとも、気になったところから読むということでよいのではないか。どの順で読むかを決めるのも、読書の楽しみの一つであるに違いない。

シリーズのどこから読んでも面白いというのは、解説として無責任なようではあるが、これは歴史をどこから学ぼうかという話に近く、その場合、どこから手をつけるのが正解か。人類の発祥から順に、というのは極端で、なにとなく興味を覚えたあたりから前後に繋がりを求めて調べていくという場合が多いのではないか。これが独白する箱庭型主人公の成長物語であれば話はまた異なるのだが、歴史には、気になるポイントからアクセスしても壊れないという強靭さがある。〈機龍警察〉シリーズはそうした時間と空間の広がりを備えており、登場人物たちは、小説のために物語を背負わされた人々ではなくて、人生のどの部分を切りだしても、固有の物語を持つ人々であり、シリーズは、その物語を整理して、一つの小説であるかのように見せている。

日常親しくしている相手であっても、その生まれ育ちを順序だてて知っているわけではないはずである。出会いがあって、その過去や未来についての話に触れて、たまには意外な秘密が現れることもある、というのが現実世界における人間の知り合い方で、〈機龍警察〉シリーズの登場人物たちともそういうつきあいかたが可能である。

小説は現実そのものではないように、歴史そのものということもありえないから、〈機龍警察〉のシリーズもまた、歴史というよりは歴史書に近い。そこには書き手の視点が入り、構成が入る。読み手が意識する必要は全くないことながら、〈機龍警察〉シリーズにおける語りの幅はかなり広い。冒険小説風であったり、サスペンス風であったり、アクション風であったり、SF風であったりする。これはそれぞれのジャンル内部の視点から見ると不思議なほどの多様さなのだが、歴史を眺める目からしてみると、出来事を○○風に語るということは当たり前に行われる。そこにあらゆる登場人物に平等な時間と空間があるかぎり、同じ現実に対して語りの技法は様々に切り替えうるのであって、本書の収録作にしても、「雪娘」と「輪廻」はSFマガジンとミステリマガジンの同年同月号への掲載だし、「沙弥」は、読楽の警察小説特集号への掲載で、のちに日本文藝家協会編纂のアンソロジー『短篇ベストコレクション：現代の小説2014』に収録された。二〇一二年には『自爆条項』が日本SF大賞、二〇一三年には『暗黒市場』が吉川英治文学新人賞を受賞していることとも重ねて、おそるべき幅の広さなのだが、現実世界を描くにも、ホラーやミステリ、サスペンス、時代小説と、様々な視点をとりうることを考えるなら、○○仕立ての機龍警察ものというのは無数に成立しえて、たとえば警察白書のような形式だって想像できる。

すなわちここでは非常に素直に、素直すぎて読者にそれと悟られぬほどに、フィクションを通じて現実世界を描写するということが行われている。現実世界に起こる出来事それ自体には本筋も脇道もない。お話として語りはじめると、横道に思えるような些細な部分がのちの大きな展開の種となることは珍しくなく、本筋と見えたものが急速に萎えしぼんでいくことだって起こる。小説では登場人物がいきなり死んだりするとかなりトリッキーな事態となるが、現実世界における突然の死はむしろ多数を占めている。

長篇シリーズと同じ舞台設定を用いた短篇は、外伝だとか、補足であるとか、スピンオフといったものになりがちである。その方が書くのが楽でもあるし、読者の側も息抜きとなり、仲間意識というか一種の連帯感を醸成しやすい。これはフィクションの効用のひとつであるが、副作用も持っていて、それまで小説が現実に対してとってきた姿勢を崩し、時間や空間を濁らせてしまうことが起こったりする。

本書収録の八篇、「火宅」「焼相」「輪廻」「済度」「雪娘」「沙弥」「勤行」「化生」はそれと異なり、どれも、険しくそっけないタイトルを持ち、それぞれが独立した短篇としての矜持を揺るがせにしない。それぞれに多様な語りが試みられるが、登場人物たちは歴史を持って現実の世界に暮らす一人一人の人間であるから、突然学園物になったりはしない。と書いていて思い至ったが、機龍警察に見当たらないのは、物語の中で物語の前提について語ってしまうメタフィクションのみだらさと言い訳がましさである。その種の濁りの少なさが、この時間と空間の広がりをひどく澄んだものにしており、ときに未来視とも思えるような視界の広さ、フィクションによる現実の先取りを可能としているのではないかと思う。

と、各篇についての解説を行う紙幅は尽きたが、本書収録短篇については前述のとおり、『自爆条項〔完全版〕』（ハヤカワ・ミステリワールド）所収の「自作解題」を参照されたい。

[初出誌・収録書一覧]

「機龍警察　火宅」〈ハヤカワミステリマガジン〉（早川書房）二〇一〇年一二月号
『結晶銀河年刊日本SF傑作選』（創元SF文庫）二〇一一年七月刊
「機龍警察　焼相」〈小説新潮〉（新潮社）二〇一三年八月号
「機龍警察　輪廻」〈ハヤカワミステリマガジン〉（早川書房）二〇一一年一一月号
『ミステリマガジン700【国内篇】』（ハヤカワ・ミステリ文庫）
二〇一四年四月刊
「機龍警察　済度」〈読楽〉（徳間書店）二〇一三年五月号
「機龍警察　雪娘」〈SFマガジン〉（早川書房）二〇一一年一一月号
「機龍警察　沙弥」〈読楽〉（徳間書店）二〇一三年一〇月号
『短篇ベストコレクション：現代の小説2014』（徳間文庫）二〇
一四年六月刊
「機龍警察　勤行」〈小説屋 sari-sari〉（KADOKAWA）二〇一四年一二月号

「機龍警察　化生」『NOVA＋バベル　書き下ろし日本SFコレクション』（河出文庫）二〇一四年一〇月刊

本書は、二〇一四年十二月にハヤカワ・ミステリワールドから刊行された作品を文庫化したものです。

著者略歴　1963年生，早稲田大学第一文学部卒，作家　著書『機龍警察　自爆条項』（日本ＳＦ大賞）『機龍警察　暗黒市場』（吉川英治文学新人賞）共に早川書房刊，『コルトＭ1851残月』（大藪春彦賞）『土漠の花』（日本推理作家協会賞）他多数

HM=Hayakawa Mystery
SF=Science Fiction
JA=Japanese Author
NV=Novel
NF=Nonfiction
FT=Fantasy

機龍警察《きりゅうけいさつ》　火宅《かたく》

〈JA1338〉

二〇一八年八月　十　日　印刷
二〇一八年八月十五日　発行
（定価はカバーに表示してあります）

著　者　月《つき》村《むら》了《りょう》衛《え》
発行者　早川　浩
印刷者　大柴正明
発行所　株式会社　早川書房
郵便番号　一〇一 - 〇〇四六
東京都千代田区神田多町二ノ二
電話　〇三 - 三二五二 - 三一一一（大代表）
振替　〇〇一六〇 - 三 - 四七七九九
http://www.hayakawa-online.co.jp

乱丁・落丁本は小社制作部宛お送り下さい。
送料小社負担にてお取りかえいたします。

印刷・株式会社亨有堂印刷所　製本・株式会社川島製本所

ISBN978-4-15-031338-8 C0193

本書は活字が大きく読みやすい〈トールサイズ〉です。